Molière

Le Malade imaginaire

(1673)

Texte intégral

LE DOSSIER

Une comédie-ballet satirique

L'ENQUÊTE

Malades et médecins au XVIIe siècle

Notes et dossier
Hélène Ricard
agrégée de lettres classiques

Collection dirigée par
Bertrand Louët

Hatier

Sommaire

OUVERTURE

Qui sont les personnages ? 4

Quelle est l'histoire ? 6

Qui est l'auteur ? 8

Que se passe-t-il à l'époque ? 9

Le Chirurgien de campagne, *gravure du XVIIe siècle.*

ISBN : 978-2-218-94878-7

Le Malade imaginaire

Prologue 14
Acte I 26
Premier intermède 52
Acte II 65
Deuxième intermède 95
Acte III 99
Troisième intermède 130

LE DOSSIER

Une comédie-ballet satirique

Repères 144
Parcours de l'œuvre 148
Textes et image 162

L'ENQUÊTE

Malades et médecins au XVIIe siècle 168
Petit lexique du théâtre 182
À lire et à voir 185

Tous les mots suivis d'un * sont expliqués dans le lexique p. 182.

Qui sont les personnages ?

Les rôles principaux

ARGAN

Persuadé d'être malade alors qu'il ne l'est pas, ce riche bourgeois est prêt à sacrifier le bonheur de sa fille Angélique à son goût pour les médecins. Il ne voit pas que sa seconde femme, Béline, est intéressée par sa fortune. Il est donc victime des médecins et de son épouse.

TOINETTE

Servante d'Argan et Béline. Elle est vive, rusée et pleine de bon sens. Elle est entièrement dévouée à Angélique et se méfie de Béline dont, en tant que confidente, elle connait le dessein. Pour le bonheur d'Angélique, elle va tenter de guérir son maître de sa maladie imaginaire et agir contre Béline.

Les seconds rôles

BÉRALDE

Frère d'Argan. C'est un homme sage, raisonnable et pondéré. Il considère Argan comme une victime et la proie naïve des médecins. Il s'allie avec Toinette pour aider sa nièce.

LES DIAFOIRUS

Père et fils, ce sont des médecins. Ils connaissent le latin mais sont incapables de soigner. Thomas, le fils, est un grand benêt fraîchement diplômé de médecine. Argan voudrait le marier à Angélique.

ANGÉLIQUE ET CLÉANTE

Les deux jeunes amoureux. Ils sont enthousiastes et déterminés à faire triompher leur amour. Angélique aime tendrement son père mais bien que sage et soumise, elle refuse de lui obéir et d'épouser Thomas Diafoirus, à qui elle préfère Cléante.

BÉLINE

Deuxième femme d'Argan, elle l'a épousé par intérêt. C'est une marâtre qui veut se débarrasser de ses belles-filles pour hériter de leur père. Elle utilise la maladie imaginaire de son mari pour le choyer, le flatter, l'attendrir et étendre ainsi son influence.

MONSIEUR PURGON ET MONSIEUR FLEURANT

Médecin et pharmacien (ou apothicaire) d'Argan, ils profitent de lui : l'un prescrivant, l'autre vendant à prix d'or d'innombrables remèdes. Orgueilleux et susceptibles, ils menacent d'abandonner Argan chaque fois qu'il discute leurs avis.

MONSIEUR DE BONNEFOI

Notaire d'Argan. Il explique à son client les astuces légales pour déshériter ses filles au profit de Béline.

LOUISON

Petite sœur d'Angélique, c'est une enfant malicieuse et enjouée.

Quelle est l'histoire ?

Les circonstances

La pièce* se déroule à Paris, dans la chambre d'un bourgeois. Le moment de l'action est contemporain de celui de la représentation* de la pièce en 1673. Cette comédie est la dernière pièce de Molière. Il meurt peu après la quatrième représentation, le 17 février.

L'action

1. Argan, malade imaginaire, veut marier sa fille Angélique à un médecin. Mais celle-ci, amoureuse de Cléante, est désespérée. Heureusement, la fidèle Toinette veille.

2. Thomas Diafoirus, le fiancé choisi par Argan, vient faire sa demande. Mais Cléante est là, déguisé en maître de musique, et Béralde et Toinette font échouer le projet.

Habit de chirurgien, *gravure de Nicolas II de Larmessin (1638-1694), BnF, Paris.*

Le but

Molière fait la satire de la médecine et des médecins qu'il présente comme des charlatans. Il veut également faire rire et divertir le spectateur au moyen du spectacle total qu'est la comédie-ballet*.

3. Toinette se déguise en un inquiétant médecin pour remplacer Purgon.

4. Argan fait le mort et découvre l'hypocrisie de Béline et l'amour de sa fille. Il s'obstine pourtant à vouloir un gendre médecin, mais Béralde intervient et propose à son frère de devenir lui-même médecin.

Qui est l'auteur ?

Jean-Baptiste Poquelin, dit Molière

• LA VOCATION

Jean-Baptiste Poquelin naît dans une famille de la bourgeoisie parisienne, en 1622. Son père est tapissier du roi et souhaite que son fils reprenne cette charge. Mais très tôt, le jeune Jean-Baptiste préfère le théâtre* à une carrière d'avocat.

• DE L'« ILLUSTRE THÉÂTRE »...

Les débuts de Molière au théâtre sont difficiles : sa première troupe, l'« Illustre Théâtre », fait faillite. Il est emprisonné pour dettes et, en 1645, âgé de 23 ans, il est obligé de fuir en province. Il y apprend le métier de directeur de troupe, y prend le nom de Molière et gagne la protection du puissant prince de Conti, amateur de théâtre.

• ... À LA « TROUPE DU ROI »

De retour à Paris en 1658, sa réussite est immédiate, avec le triomphe des *Précieuses ridicules* en 1659. De puissants protecteurs le soutiennent : Monsieur, frère du roi, puis le roi lui-même qui lui donne une pension en 1665 et fait de ses comédiens* la « Troupe du roi ». Le roi encourage la création d'un nouveau genre de comédie* : la comédie-ballet.

• 1673 : *LE MALADE IMAGINAIRE* ET LA MORT DE MOLIÈRE

À la fin de la quatrième représentation du *Malade imaginaire*, Molière est pris d'un malaise. Il meurt quelques heures après, à 51 ans, des suites d'une mauvaise bronchite.

VIE DE MOLIÈRE	**1622** Naissance de Molière	**1643** Fondation de la troupe de l'Illustre Théâtre	**1646-1658** Tournées en province. Molière, directeur de troupe	**1658** Retour à Paris	**1659** *Les Précieuses ridicules*	**1661** Molière s'installe au théâtre du Palais-Royal
HISTOIRE	**1638** Naissance de Louis XIV	**1643** Mort de Louis XIII. Régence d'Anne d'Autriche	**1648** Début de la Fronde	**1653** Benserade, *Ballet royal de la nuit*, où des Turcs combattent des chrétiens		**1661** Louis XIV prend le pouvoir

Que se passe-t-il à l'époque ?

Sur le plan politique

• LE RÈGNE DE LOUIS XIV

En 1673, Louis XIV est âgé de 35 ans. C'est le « Roi-Soleil », un roi au sommet de sa puissance et de sa gloire.

• LA POLITIQUE ARTISTIQUE DU ROI

Louis XIV protège les artistes, chargés de renforcer la gloire de son règne. À Versailles, qu'il a fait construire, il donne des fêtes somptueuses.

• GUERRES ET PAIX

Louis XIV déclare la guerre à l'Espagne en 1667 : il veut récupérer les possessions hollandaises dont son épouse serait l'héritière. La Flandre conquise en 1668, il triomphe de la Hollande en 1673, comme en témoigne le prologue du *Malade imaginaire*, composé à la gloire du roi vainqueur.

Dans le domaine des lettres

• LES TRAGÉDIES DE RACINE

À Paris, les tragédies* du vieux Corneille (67 ans) ne rencontrent plus le succès des débuts. Jean Racine (34 ans), en revanche, est en pleine ascension. 1673 est l'année de son élection à l'Académie française.

• LES SALONS

Dans les salons, on s'exerce à des jeux littéraires hérités de la mode précieuse : maximes, bouts rimés, sonnets, madrigaux...

• L'ACADÉMIE FRANÇAISE

L'Académie française est créée en 1635 : ses membres imposent le beau parler et le respect des règles au théâtre. Louis XIV en devient le protecteur en mars 1672.

- **1662** *L'École des femmes*
- **1664** *Le Tartuffe*
- **1665** *Dom Juan*
- **1668** *L'Avare, George Dandin*
- **1670** Deux comédies-ballets : *Le Bourgeois gentilhomme* et *Les Amants magnifiques*
- **1672** *Les Femmes savantes*. Molière se brouille avec Lully
- **1673** *Le Malade imaginaire*. Mort de Molière

- **1663** Les Turcs devant Vienne. Louis XIV envoie des troupes
- **1664** Victoire de l'armée impériale sur les Turcs à Saint-Gotthard. Louis XIV a envoyé 6 000 hommes
- **1667** Molière fait danser des Turcs dans *Le Sicilien ou l'Amour peintre*
- **1669** Un émissaire turc est reçu à la cour
- **1670** Pascal, *Pensées*. Racine, *Bérénice*
- **1672** Le roi s'installe à Versailles. Début de la guerre de Hollande. Racine, *Bajaze*

Le Malade imaginaire

Prologue 14
Acte I 26
Premier intermède 52
Acte II 65
Deuxième intermède 95
Acte III 99
Troisième intermède 130

LE MALADE
IMAGINAIRE
COMEDIE,
Meſlée de Muſique, &
de Dançe.
*Repreſentèe ſur le Theatre
du Palais Royal.*

A PARIS,
Chez CHRISTOPHE BALLARD, ſeul
Imprimeur du Roy pour la Muſique, ruë
S. Iean de Beauvais, au Mont Parnaſſe.

M. DC. LXXIII.

Le Malade imaginaire, *page de titre de l'édition de 1673, BnF, Paris.*

Le Malade imaginaire

Comédie-ballet

LES PERSONNAGES

ARGAN, *malade imaginaire*

BÉLINE, *seconde femme d'Argan*

ANGÉLIQUE, *fille d'Argan et amante*[1] *de Cléante*

LOUISON, *fille d'Argan et sœur d'Angélique*

BÉRALDE, *frère d'Argan*

CLÉANTE, *amant d'Angélique*

MONSIEUR DIAFOIRUS, *médecin*

THOMAS DIAFOIRUS, *son fils et amant d'Angélique*

MONSIEUR PURGON, *médecin d'Argan*

MONSIEUR FLEURANT, *apothicaire*[2] *d'Argan*

MONSIEUR DE BONNEFOI, *notaire*

TOINETTE, *servante*

La scène est à Paris.

1. **Amant(e)** : qui aime.
2. **Apothicaire** : pharmacien.

Illustration de Maurice Leloir, *1896, Émile Testard éditeur.*

Prologue

Après les glorieuses fatigues et les exploits victorieux● de notre auguste[1] monarque, il est bien juste que tous ceux qui se mêlent[2] d'écrire travaillent ou à ses louanges ou à son divertissement. C'est ce qu'ici l'on a voulu faire, et ce prologue est un essai des louanges de ce grand prince, qui donne entrée[3] à la comédie du *Malade imaginaire*, dont le projet a été fait pour le délasser de ses nobles travaux.

(La décoration représente un lieu champêtre, et néanmoins fort agréable.)

1. **Auguste** : digne d'être vénéré, adjectif traditionnellement associé au roi.
2. **Se mêlent de** : entreprennent.
3. **Donne entrée** : sert d'introduction.

● **Louis XIV vient de rentrer victorieux de Hollande et ce prologue a été composé en l'honneur de sa victoire.**

Églogue[1]

en musique et en danse

FLORE[2], PAN[3], CLIMÈNE, DAPHNÉ, TIRCIS, DORILAS●,
DEUX ZÉPHYRS[4], TROUPE DE BERGÈRES ET DE BERGERS

FLORE

Quittez, quittez vos troupeaux,
Venez, bergers, venez, bergères,
Accourez, accourez sous ces tendres ormeaux[5],
Je viens vous annoncer des nouvelles bien chères[6]
Et réjouir tous ces hameaux.
Quittez, quittez vos troupeaux,
Venez, bergers, venez, bergères,
Accourez, accourez sous ces tendres ormeaux.

CLIMÈNE ET DAPHNÉ

Berger, laissons là tes feux[7],
Voilà Flore qui nous appelle.

TIRCIS ET DORILAS

Mais au moins dis-moi, cruelle,

1. **Églogue (nom féminin)** : poème qui fait parler et dialoguer des bergers dans un cadre champêtre.
2. **Flore** : déesse des fleurs dans la mythologie romaine.
3. **Pan** : mi-homme, mi-bouc, dieu des bergers dans la mythologie grecque.
4. **Zéphyrs** : dieux des vents.
5. **Ormeau** : jeune orme, arbre à feuilles dentelées.
6. **Des nouvelles bien chères** : des nouvelles importantes au sujet d'une personne aimée.
7. **Tes feux** : ton amour (vocabulaire galant du XVIIe siècle).

● **Les prénoms des personnages de l'églogue sont grecs. Le genre de l'églogue a été créé par le poète grec Théocrite (315-250 av. J.C.) Ce type de poèmes était très apprécié dans l'Antiquité et il est revenu à la mode à l'époque de Molière.**

TIRCIS

Si d'un peu d'amitié[1] tu payeras mes vœux[2].

DORILAS

Si tu seras sensible à mon ardeur fidèle.

CLIMÈNE ET DAPHNÉ

Voilà Flore qui nous appelle.

TIRCIS ET DORILAS

Ce n'est qu'un mot, un mot, un seul mot que je veux.

TIRCIS

Languirai-je toujours dans ma peine mortelle ?

DORILAS

Puis-je espérer qu'un jour tu me rendras heureux ?

CLIMÈNE ET DAPHNÉ

Voilà Flore qui nous appelle.

ENTRÉE DE BALLET

Toute la troupe des bergers et des bergères va se placer en cadence autour de Flore.

CLIMÈNE

Quelle nouvelle parmi nous,
Déesse, doit jeter tant de réjouissance ?

1. **Amitié** : amour.
2. **Tu payeras mes vœux** : tu répondras à mon espoir d'être aimé.

DAPHNÉ

Nous brûlons d'apprendre de vous
Cette nouvelle d'importance.

DORILAS

D'ardeur nous en soupirons tous.

TOUS ENSEMBLE

Nous en mourons d'impatience.

FLORE

La voici ; silence, silence !
Vos vœux sont exaucés,
LOUIS est de retour ;
Il ramène en ces lieux les plaisirs et l'amour,
Et vous voyez finir vos mortelles alarmes.
Par ses vastes exploits son bras voit tout soumis ;
Il quitte les armes,
Faute d'ennemis.

TOUS ENSEMBLE

Ah ! quelle douce nouvelle !
Qu'elle est grande ! qu'elle est belle !
Que de plaisirs ! que de ris[1] *! que de jeux !*
Que de succès heureux !
Et que le Ciel a bien rempli nos vœux[2] *!*
Ah ! quelle douce nouvelle !
Qu'elle est grande, qu'elle est belle !

1. **Ris** : rires.
2. **Rempli nos vœux** : répondu à nos prières.

AUTRE ENTRÉE DE BALLET

Tous les bergers et bergères expriment par des danses les transports[1] de leur joie.

FLORE

De vos flûtes bocagères[2]
Réveillez les plus beaux sons :
LOUIS offre à vos chansons
La plus belle des matières[3].
Après cent combats,
Où cueille son bras
Une ample victoire,
Formez entre vous
Cent combats plus doux,
Pour chanter sa gloire.

TOUS ENSEMBLE

Formons entre nous
Cent combats plus doux,
Pour chanter sa gloire.

FLORE

Mon jeune amant, dans ce bois,
Des présents[4] de mon empire
Prépare un prix à la voix
Qui saura le mieux nous dire
Les vertus et les exploits
Du plus auguste des rois.

1. **Transports** : manifestations.
2. **Flûtes bocagères** : flûtes champêtres.
3. **La plus belle des matières** : le meilleur sujet.
4. **Présents** : richesses, ressources.

CLIMÈNE

Si Tircis a l'avantage,

DAPHNÉ

Si Dorilas est vainqueur,

CLIMÈNE

À le chérir je m'engage.

DAPHNÉ

Je me donne à son ardeur.

TIRCIS

Ô très chère espérance !

DORILAS

Ô mot plein de douceur !

TOUS DEUX

Plus beau sujet, plus belle récompense,
Peuvent-ils animer un cœur ?

Les violons jouent un air pour animer les deux bergers au combat, tandis que Flore, comme juge, va se placer au pied de l'arbre, avec deux zéphyrs, et que le reste, comme spectateurs, va occuper les deux côtés du théâtre.

TIRCIS

Quand la neige fondue enfle un torrent fameux,
Contre l'effort soudain de ses flots écumeux
Il n'est rien d'assez solide ;
Digues, châteaux, villes et bois,
Hommes et troupeaux à la fois,
Tout cède au courant qui le guide.
Tel, et plus fier, et plus rapide,
Marche LOUIS dans ses exploits.

BALLET

Les bergers et bergères du côté de Tircis dansent autour de lui, sur une ritournelle[1], pour exprimer leurs applaudissements.

DORILAS

Le foudre[2] menaçant, qui perce avec fureur
L'affreuse[3] obscurité de la nue enflammée,
Fait d'épouvante et d'horreur
Trembler le plus ferme cœur ;
Mais à la tête d'une armée
LOUIS jette plus de terreur.

BALLET

Les bergers et bergères du côté de Dorilas font de même que les autres.

TIRCIS

Des fabuleux exploits que la Grèce a chantés,
Par un brillant amas[4] de belles vérités,
Nous voyons la gloire effacée ;
Et tous ces fameux demi-dieux●
Que vante l'histoire passée
Ne sont point à notre pensée
Ce que LOUIS est à nos yeux.

BALLET

Les bergers et bergères du côté de Tircis font encore la même chose.

1. **Ritournelle** : refrain musical.
2. **Le foudre** : faisceau d'éclairs, attribut de Jupiter.
3. **Affreuse** : effrayante.
4. **Amas** : accumulation.

● **Dans la mythologie grecque ou latine, un demi-dieu (ou héros) est le fils d'un mortel et d'une déesse, ou d'une mortelle et d'un dieu.**

DORILAS

LOUIS fait à nos temps, par ses faits inouïs,
Croire tous les beaux faits que nous chante l'histoire
Des siècles évanouis ;
Mais nos neveux[1]*, dans leur gloire,*
N'auront rien qui fasse croire
Tous les beaux faits de LOUIS.

BALLET

Les bergers et bergères du côté de Dorilas font encore de même, après quoi les deux partis se mêlent.

PAN, *suivi de six faunes*[2]

Laissez, laissez, bergers, ce dessein téméraire ;
Hé ! que voulez-vous faire ?
Chanter sur vos chalumeaux[3]
Ce qu'Apollon[4] *sur sa lyre*[5]*,*
Avec ses chants les plus beaux,
N'entreprendrait pas de dire ?
C'est donner trop d'essor[6] *au feu qui vous inspire,*
C'est monter vers les cieux sur des ailes de cire[●]*,*
Pour tomber dans le fond des eaux.

1. **Neveux** : descendants.
2. **Faune** (nom masculin) : divinité antique des bois, mi-homme, mi-bouc.
3. **Chalumeau** : flûte faite d'un roseau percé de trous.
4. **Apollon** : dieu de la poésie, des arts et de la lumière.
5. **Lyre** : instrument à cordes, attribut d'Apollon.
6. **Essor** : force.

● **Allusion au mythe d'Icare qui s'approcha trop près du soleil avec ses ailes en plumes et cire. Le soleil fit fondre la cire et il fut précipité dans la mer. Louis XIV était appelé le Roi-Soleil et l'allusion à la cire signifie donc qu'un simple berger ne peut s'adresser à lui et doit rester à distance, comme Icare du soleil.**

Pour chanter de LOUIS l'intrépide courage,
Il n'est point d'assez docte[1] voix,
Point de mots assez grands pour en tracer l'image ;
Le silence est le langage
Qui doit louer ses exploits.
Consacrez d'autres soins à sa pleine victoire,
Vos louanges n'ont rien qui flatte ses désirs,
Laissez, laissez là sa gloire,
Ne songez qu'à ses plaisirs.

TOUS ENSEMBLE

Laissons, laissons là sa gloire,
Ne songeons qu'à ses plaisirs.

FLORE

Bien que, pour étaler ses vertus immortelles,
La force manque à vos esprits,
Ne laissez pas tous deux de recevoir le prix[2].
Dans les choses grandes et belles,
Il suffit d'avoir entrepris.

ENTRÉE DU BALLET

Les deux zéphyrs dansent avec deux couronnes de fleurs à la main, qu'ils viennent donner ensuite aux deux bergers.

1. **Docte** : savante.
2. **Ne laissez pas tous deux de recevoir le prix** : recevez néanmoins tous deux le prix.

CLIMÈNE ET DAPHNÉ, *en leur donnant la main*
Dans les choses grandes et belles,
Il suffit d'avoir entrepris.

TIRCIS ET DORILAS
Ah ! que d'un doux succès notre audace est suivie !

FLORE ET PAN
Ce qu'on fait pour LOUIS, on ne le perd jamais.

LES QUATRE AMANTS[1]
Au soin de ses plaisirs donnons-nous désormais.

FLORE ET PAN
Heureux, heureux qui peut lui consacrer sa vie !

TOUS
Joignons tous dans ces bois
Nos flûtes et nos voix,
Ce jour nous y convie,
Et faisons aux échos redire mille fois :
« LOUIS est le plus grand des rois ;
Heureux, heureux qui peut lui consacrer sa vie ! »

DERNIÈRE ET GRANDE ENTRÉE DE BALLET

Faunes, bergers et bergères, tous se mêlent, et il se fait entre eux des jeux de danses, après quoi ils se vont préparer pour la comédie.

1. **Les quatre amants** : les quatre amoureux.

Autre prologue

Le théâtre représente une forêt. L'ouverture du théâtre se fait par un bruit agréable d'instruments. Ensuite une bergère vient se plaindre tendrement de ce qu'elle ne trouve aucun remède pour soulager les peines qu'elle endure. Plusieurs faunes et ægipans[1], assemblés pour des fêtes et des jeux qui leur sont particuliers, rencontrent la bergère. Ils écoutent ses plaintes et forment un spectacle très divertissant.

PLAINTES DE LA BERGÈRE

Votre plus haut savoir n'est que pure chimère[2],
Vains et peu sages médecins ;
Vous ne pouvez guérir par vos grands mots latins
La douleur qui me désespère :
Votre plus haut savoir n'est que pure chimère.
Hélas ! je n'ose découvrir
Mon amoureux martyre[3]
Au berger pour qui je soupire,
Et qui seul peut me secourir.
Ne prétendez pas le finir,
Ignorants médecins, vous ne sauriez le faire :
Votre plus haut savoir n'est que pure chimère.
Ces remèdes peu sûrs, dont le simple vulgair

1. **Ægipans** : Divinités mi-hommes, mi-chèvres.
2. **Chimère** : invention.
3. **Mon amoureux martyre** : ce que je souffre par amour.

Croit que vous connaissez l'admirable vertu,
Pour les maux[1] *que je sens n'ont rien de salutaire ;*
Et tout votre caquet[2] *ne peut être reçu*
Que d'un Malade imaginaire.
Votre plus haut savoir n'est que pure chimère,
Vains et peu sages médecins ;
Vous ne pouvez guérir par vos grands mots latins
La douleur qui me désespère :
Votre plus haut savoir n'est que pure chimère●.

(Le théâtre change et représente une chambre.)

Illustration de Maurice Leloir, *1896, Émile Testard éditeur.*

1. **Maux** : douleurs.
2. **Caquet** : bavardage inutile.

● **Seule la fin de la réplique de la bergère rattache l'églogue à la pièce en parlant de l'ignorance des médecins à guérir aussi les maux amoureux.**

Acte I

SCÈNE 1 – ARGAN

ARGAN, *seul dans sa chambre, assis, une table devant lui, compte des parties*[1] *d'apothicaire*● *avec des jetons. Il fait, parlant à lui-même, les dialogues suivants.* – Trois et deux font cinq, et cinq font dix, et dix font vingt. Trois et deux font cinq. « Plus, du vingt-quatrième[2], un petit clystère[3] insinuatif, préparatif et rémollient[4], pour amollir, humecter et rafraîchir les entrailles de Monsieur. » Ce qui me plaît de Monsieur Fleurant, mon apothicaire, c'est que ses parties sont toujours fort civiles[5]. « Les entrailles de Monsieur, trente sols[6]. » Oui, mais, Monsieur Fleurant, ce n'est pas tout que d'être civil, il faut être aussi raisonnable et ne pas écorcher les malades. Trente sols, un lavement ! Je suis votre serviteur[7], je vous l'ai déjà dit. Vous ne me les avez mis dans les autres parties qu'à vingt sols, et vingt sols en langage d'apothicaire, c'est-à-dire dix sols ; les voilà, dix sols. « Plus, dudit jour[8], un bon clystère détersif[9], composé avec catholicon double[10] rhubarbe, miel rosat et autres, suivant l'ordonnance, pour balayer,

1. **Parties d'apothicaire** : factures du pharmacien (langage des médecins au XVIIe siècle).
2. **Du vingt-quatrième** : du 24 du mois.
3. **Clystère** : lavement, c'est-à-dire un soin qui consiste à injecter un produit dans les intestins.
4. **Rémollient** : adoucissant.
5. **Civiles** : courtoises.
6. **Sol** : unité monétaire de l'Ancien Régime.
7. **Je suis votre serviteur** : formule de politesse employée ici ironiquement dans le sens de « je refuse ».
8. **Dudit jour** : du même jour.
9. **Détersif** : cicatrisant.
10. **Catholicon double** : purgatif (remède qui a la propriété de purger, nettoyer les intestins).

● **Les apothicaires avaient la réputation d'aimer beaucoup l'argent. La longue liste de médicaments prescrits à Argan et leur prix exorbitant en sont une illustration.**

laver et nettoyer le bas-ventre de Monsieur, trente sols. » Avec votre permission, dix sols. « Plus, dudit jour, le soir, un julep hépatique, soporatif et somnifère[1], composé pour faire dormir Monsieur, trente-cinq sols. » Je ne me plains pas de celui-là, car il me fit bien dormir. Dix, quinze, seize et dix-sept sols, six deniers[2]. « Plus, du vingt-cinquième, une bonne médecine purgative et corroborative[3], composée de casse récente avec séné levantin[4] et autres, suivant l'ordonnance de Monsieur Purgon, pour expulser et évacuer la bile de Monsieur, quatre livres[5]. » Ah ! Monsieur Fleurant, c'est se moquer ; il faut vivre avec les malades. Monsieur Purgon ne vous a pas ordonné de mettre quatre francs. Mettez, mettez trois livres, s'il vous plaît. Vingt et trente sols. « Plus, dudit jour, une potion anodine et astringente[6] pour faire reposer Monsieur, trente sols. » Bon... dix et quinze sols. « Plus, du vingt-sixième, un clystère carminatif[7] pour chasser les vents[8] de Monsieur, trente sols. » Dix sols, Monsieur Fleurant. « Plus le clystère de Monsieur réitéré le soir, comme dessus, trente sols. » Monsieur Fleurant, dix sols. « Plus, du vingt-septième, une bonne médecine composée pour hâter d'aller[9], et chasser dehors les mauvaises humeurs de Monsieur, trois livres. » Bon, vingt et trente sols : je suis bien aise que vous soyez raisonnable. « Plus, du vingt-huitième, une

1. **Julep [...] somnifère** : potion pour le foie et pour le sommeil.
2. **Denier** : monnaie de l'Ancien Régime. À l'époque de la pièce, une livre vaut vingt sols et un sol douze deniers.
3. **Corroborative** : fortifiante.
4. **Casse récente avec sené levantin** : produits exotiques aux vertus purgatives.
5. **Livre** : monnaie de l'Ancien Régime.
6. **Astringente** : qui resserre les tissus.
7. **Carminatif** : qui permet une meilleure évacuation des gaz intestinaux.
8. **Vents** : gaz intestinaux.
9. **Aller** : aller à la selle.

prise de petit-lait clarifié et dulcoré[1], pour adoucir, lénifier[2], tempérer et rafraîchir le sang de Monsieur, vingt sols. » Bon, dix sols. « Plus, une potion cordiale[3] et préservative[4], composée avec douze grains[5] de bézoard[6], sirop de limon[7] et, grenade, et autres, suivant l'ordonnance, cinq livres. » Ah ! Monsieur Fleurant, tout doux, s'il vous plaît ; si vous en usez comme cela[8], on ne voudra plus être malade : contentez-vous de quatre francs. Vingt et quarante sols. Trois et deux font cinq, et cinq font dix, et dix font vingt. Soixante et trois livres, quatre sols, six deniers. Si bien donc que, de ce mois, j'ai pris une, deux, trois, quatre, cinq, six, sept et huit médecines[9] ; et un, deux, trois, quatre, cinq, six, sept, huit, neuf, dix, onze et douze lavements ; et l'autre mois, il y avait douze médecines et vingt lavements. Je ne m'étonne pas si je ne me porte pas si bien ce mois-ci que l'autre. Je le dirai à Monsieur Purgon, afin qu'il mette ordre à cela. Allons, qu'on m'ôte tout ceci. Il n'y a personne ? J'ai beau dire, on me laisse toujours seul ; il n'y a pas moyen de les arrêter ici. *(Il sonne une sonnette pour faire venir ses gens.)* Ils n'entendent point, et ma sonnette ne fait pas assez de bruit. Drelin, drelin, drelin, point d'affaire. Drelin, drelin, drelin : ils sont sourds... Toinette ! Drelin, drelin, drelin : tout comme si je ne sonnais point. Chienne ! coquine ! Drelin, drelin, drelin : j'enrage. *(Il ne sonne plus mais il crie.)* Drelin, drelin, drelin : carogne, à tous les diables ! Est-il possible qu'on laisse comme

1. **Dulcoré** : adouci avec du sucre. Aujourd'hui, on dit édulcoré.
2. **Lénifier** : apaiser.
3. **Cordiale** : qui a des effets positifs sur le cœur.
4. **Préservative** : protectrice.
5. **Grain** : ancienne unité de poids.
6. **Bézoard** : antidote contre les poisons et les infections.
7. **Limon** : citron.
8. **Si vous en usez comme cela** : si vous agissez de la sorte.
9. **Médecines** : médicaments.

cela un pauvre malade tout seul ? Drelin, drelin, drelin : voilà qui est pitoyable ! Drelin, drelin, drelin : ah, mon Dieu ! ils me laisseront ici mourir. Drelin, drelin, drelin !

SCÈNE 2 – TOINETTE, ARGAN

TOINETTE, *en entrant dans la chambre.* – On y va.

ARGAN. – Ah ! chienne ! ah ! carogne[1] !...

TOINETTE, *faisant semblant de s'être cogné la tête.* – Diantre[2] soit fait de votre impatience ! Vous pressez si fort les personnes que je me suis donné un grand coup de la tête contre la carne[3] d'un volet ;

ARGAN, *en colère.* – Ah ! traîtresse...

TOINETTE, *pour l'interrompre et l'empêcher de crier, se plaint toujours, en disant.* – Ah !

ARGAN. – Il y a...

TOINETTE. – Ah !

ARGAN. – Il y a une heure...

TOINETTE. – Ah !

ARGAN. – Tu m'as laissé...

TOINETTE. – Ah !

ARGAN. – Tais-toi donc, coquine, que je te querelle.

TOINETTE. – Çamon[4], ma foi, j'en suis d'avis, après ce que je me suis fait.

1. **Carogne** : (charogne) méchante femme.
2. **Diantre** : diable.
3. **Carne** : angle.
4. **Çamon** : « Oui, vraiment ! » (exclamation).

Illustration pour la scène 1 de l'Acte I, *gravure de A. Riffaut, XIXe siècle, BnF, Paris.*

ARGAN. – Tu m'as fait égosiller[1], carogne !

TOINETTE. – Et vous m'avez fait, vous, casser la tête ; l'un vaut bien l'autre. Quitte à quitte, si vous voulez.

ARGAN. – Quoi ! coquine...

TOINETTE. – Si vous querellez, je pleurerai.

ARGAN. – Quoi ! il faudra encore que je n'aie pas le plaisir de la quereller ?

TOINETTE. – Querellez tout votre soûl[2] : je le veux bien.

ARGAN. – Tu m'en empêches, chienne, en m'interrompant à tous coups.

TOINETTE. – Si vous avez le plaisir de quereller, il faut bien que de mon côté j'aie le plaisir de pleurer : chacun le sien, ce n'est pas trop. Ah !

ARGAN. – Allons, il faut en passer par là. Ôte-moi ceci, coquine, ôte-moi ceci. *(Argan se lève de sa chaise.)* Mon lavement d'aujourd'hui a-t-il bien opéré ?

TOINETTE. – Votre lavement ?

ARGAN. – Oui. Ai-je bien fait de la bile[3]● ?

TOINETTE. – Ma foi, je ne me mêle point de ces affaires-là : c'est à Monsieur Fleurant à y mettre le nez, puisqu'il en a le profit.

ARGAN. – Qu'on ait soin de me tenir un bouillon prêt pour l'autre que je dois tantôt[4] prendre.

TOINETTE. – Ce Monsieur Fleurant-là et ce Monsieur Purgon s'égayent[5] bien sur votre corps ; ils ont en vous une bonne

1. **Égosiller** : perdre la voix à force de crier.
2. **Querellez tout votre soûl** : autant que vous voulez.
3. **Bile** : liquide secrété par le foie.
4. **Tantôt** : bientôt.
5. **S'égayent** : se défoulent.

● **Dans la médecine du XVIIe siècle, on appelle humeurs les quatre liquides qui irriguent le corps : sang, flegme, bile, bile noire (voir dossier).**

vache à lait[1], et je voudrais bien leur demander quel mal vous avez, pour vous faire tant de remèdes.

ARGAN. – Taisez-vous, ignorante : ce n'est pas à vous à contrôler les ordonnances de la médecine. Qu'on me fasse venir ma fille Angélique, j'ai à lui dire quelque chose.

TOINETTE. – La voici qui vient d'elle-même ; elle a deviné votre pensée.

SCÈNE 3 – ANGÉLIQUE, TOINETTE, ARGAN

ARGAN. – Approchez, Angélique, vous venez à propos ; je voulais vous parler.

ANGÉLIQUE. – Me voilà prête à vous ouïr.

ARGAN, *courant au bassin*[2]. – Attendez. Donnez-moi mon bâton. Je vais revenir tout à l'heure[3].

TOINETTE, *en le raillant*. – Allez vite, Monsieur, allez. Monsieur Fleurant nous donne des affaires[4]●.

1. **Une bonne vache à lait** : quelqu'un dont on profite, qu'on exploite.
2. **Bassin** : grand plat creux et allongé, ici destiné à recueillir l'urine.
3. **Tout à l'heure** : tout de suite.
4. **« Faire ses affaires »** signifie au XVIIe siècle « aller aux toilettes ».

● **Toinette fait ici un jeu de mot en employant le mot « affaires » avec un double sens : « travail » et « besoins naturels ».**

SCÈNE 4 – ANGÉLIQUE, TOINETTE

ANGÉLIQUE, *la regardant d'un œil languissant*[1], *lui dit confidemment.* – Toinette !

TOINETTE. – Quoi ?

ANGÉLIQUE. – Regarde-moi un peu.

TOINETTE. – Hé bien ! Je vous regarde.

ANGÉLIQUE. – Toinette !

TOINETTE. – Hé bien, quoi, « Toinette » ?

ANGÉLIQUE. – Ne devines-tu point de quoi je veux parler ?

TOINETTE. – Je m'en doute assez : de notre jeune amant, car c'est sur lui, depuis six jours, que roulent tous nos entretiens[2], et vous n'êtes point bien si vous n'en parlez à toute heure.

ANGÉLIQUE. – Puisque tu connais cela, que[3] n'es-tu donc la première à m'en entretenir, et que ne m'épargnes-tu la peine de te jeter sur ce discours[4] ?

TOINETTE. – Vous ne m'en donnez pas le temps, et vous avez des soins[5] là-dessus qu'il est difficile de prévenir[6] ?

ANGÉLIQUE. – Je t'avoue que je ne saurais me lasser de te parler de lui, et que mon cœur profite avec chaleur de tous les moments de s'ouvrir à toi. Mais, dis-moi, condamnes-tu, Toinette, les sentiments que j'ai pour lui ?

TOINETTE. – Je n'ai garde.

ANGÉLIQUE. – Ai-je tort de m'abandonner à ces douces impressions[7] ?

1. **Un œil languissant** : œil mélancolique des amoureux.
2. **Roulent tous nos entretiens** : portent toutes nos conversations.
3. **Que** : pourquoi.
4. **Jeter sur ce discours** : lancer sur ce sujet.
5. **Soins** : inquiétudes, préoccupations.
6. **Prévenir** : devancer.
7. **Impressions** : démonstrations.

TOINETTE. – Je ne dis pas cela.

ANGÉLIQUE. – Et voudrais-tu que je fusse insensible aux tendres protestations[1] de cette passion ardente qu'il témoigne pour moi ?

TOINETTE. – À Dieu ne plaise[2] !

ANGÉLIQUE. – Dis-moi un peu, ne trouves-tu pas, comme moi, quelque chose du Ciel[3], quelque effet du destin, dans l'aventure inopinée[4] de notre connaissance[5] ?

TOINETTE. – Oui.

ANGÉLIQUE. – Ne trouves-tu pas que cette action d'embrasser ma défense[6] sans me connaître est tout à fait d'un honnête homme ● ?

TOINETTE. – Oui.

ANGÉLIQUE. – Que l'on ne peut en user plus généreusement[7] ?

TOINETTE. – D'accord.

ANGÉLIQUE. – Et qu'il fit tout cela de la meilleure grâce du monde ?

TOINETTE. – Oh ! oui.

ANGÉLIQUE. – Ne trouves-tu pas, Toinette, qu'il est bien fait de sa personne ?

TOINETTE. – Assurément.

ANGÉLIQUE. – Qu'il a l'air[8] le meilleur du monde ?

TOINETTE. – Sans doute.

ANGÉLIQUE. – Que ses discours, comme ses actions, ont quelque chose de noble ?

TOINETTE. – Cela est sûr.

1. **Protestations** : déclarations.
2. **À Dieu ne plaise !** : surtout pas ! (exclamation).
3. **Du Ciel** : de Dieu.
4. **Inopinée** : imprévue.
5. **Notre connaissance** : notre rencontre.
6. **Embrasser ma défense** : prendre ma défense.
7. **Généreusement** : noblement.
8. **L'air** : l'allure.

● **Un honnête homme représente, au XVIIe siècle, l'homme idéal : homme du monde bien élevé, élégant, cultivé et rempli d'esprit, modéré dans son attitude et dans ses propos.**

ANGÉLIQUE. – Qu'on ne peut rien entendre de plus passionné que tout ce qu'il me dit ?

TOINETTE. – Il est vrai.

ANGÉLIQUE. – Et qu'il n'est rien de plus fâcheux[1] que la contrainte où l'on me tient, qui bouche tout commerce[2] aux doux empressements[3] de cette mutuelle ardeur[4] que le Ciel nous inspire ?

TOINETTE. – Vous avez raison.

ANGÉLIQUE. – Mais, ma pauvre Toinette, crois-tu qu'il m'aime autant qu'il me le dit ?

TOINETTE. – Hé ! hé ! ces choses-là parfois sont un peu sujettes à caution. Les grimaces d'amour ressemblent fort à la vérité, et j'ai vu de grands comédiens là-dessus.

ANGÉLIQUE. – Ah ! Toinette, que dis-tu là ? Hélas ! de la façon qu'il parle, serait-il bien possible qu'il ne me dît pas vrai ?

TOINETTE. – En tout cas, vous en serez bientôt éclaircie, et la résolution où il vous écrivit hier, qu'il était de vous faire demander en mariage est une prompte voie à vous faire connaître s'il vous dit vrai ou non. C'en sera là la bonne preuve●.

ANGÉLIQUE. – Ah ! Toinette, si celui-là me trompe, je ne croirai de ma vie aucun homme.

TOINETTE. – Voilà votre père qui revient.

1. **Fâcheux** : pénible.
2. **Qui bouche tout commerce** : qui interdit toute relation, toute fréquentation.
3. **Doux empressements** : douces attentions.
4. **Mutuelle ardeur** : amour réciproque.

● **Cette remarque est importante pour l'intrigue* car elle explique le quiproquo* de la scène suivante.**

SCÈNE 5 – ARGAN, ANGÉLIQUE, TOINETTE

ARGAN, *se met dans sa chaise.* – Oh çà, ma fille, je vais vous dire une nouvelle où[1] peut-être ne vous attendez-vous pas. On vous demande en mariage. Qu'est-ce que cela ? Vous riez ? Cela est plaisant, oui, ce mot de mariage. Il n'y a rien de plus drôle pour les jeunes filles. Ah ! nature, nature ! À ce que je puis voir, ma fille, je n'ai que faire de vous demander si vous voulez bien vous marier.

ANGÉLIQUE. – Je dois faire, mon père, tout ce qu'il vous plaira de m'ordonner.

ARGAN. – Je suis bien aise d'avoir une fille si obéissante : la chose est donc conclue, et je vous ai promise.

ANGÉLIQUE. – C'est à moi, mon père, de suivre aveuglément toutes vos volontés●.

ARGAN. – Ma femme, votre belle-mère, avait envie que je vous fisse religieuse, et votre petite sœur Louison aussi ; et de tout temps elle a été aheurtée[2] à cela.

TOINETTE, *tout bas.* – La bonne bête a ses raisons.

ARGAN. – Elle ne voulait point consentir à ce mariage ; mais je l'ai emporté, et ma parole est donnée.

ANGÉLIQUE. – Ah ! mon père, que je vous suis obligée[3] de toutes vos bontés !

TOINETTE. – En vérité, je vous sais bon gré[4] de cela, et voilà l'action la plus sage que vous ayez faite de votre vie.

1. **Où** : à laquelle.
2. **Aheurtée** : obstinée.
3. **Je vous suis obligée de** : je vous suis reconnaissante pour.
4. **Je vous sais bon gré de** : je vous suis reconnaissante de.

● **Au XVIIe siècle, une fille est placée sous l'autorité légale de son père et n'a pas le droit de se marier sans son accord.**

ARGAN. – Je n'ai point encore vu la personne ; mais on m'a dit que j'en serais content, et toi aussi.

ANGÉLIQUE. – Assurément, mon père.

ARGAN. – Comment ! l'as-tu vu ?

ANGÉLIQUE. – Puisque votre consentement m'autorise à vous ouvrir mon cœur, je ne feindrai point de vous dire[1] que le hasard nous a fait connaître[2], il y a six jours, et que la demande qu'on vous a faite est un effet de l'inclination[3] que, dès cette première vue, nous avons prise l'un pour l'autre.

ARGAN. – Ils ne m'ont pas dit cela, mais j'en suis bien aise et c'est tant mieux que les choses soient de la sorte. Ils disent que c'est un grand jeune garçon bien fait.

ANGÉLIQUE. – Oui, mon père.

ARGAN. – De belle taille.

ANGÉLIQUE. – Sans doute.

ARGAN. – Agréable de sa personne.

ANGÉLIQUE. – Assurément.

ARGAN. – De bonne physionomie.

ANGÉLIQUE. – Très bonne.

ARGAN. – Sage et bien né.

ANGÉLIQUE. – Tout à fait.

ARGAN. – Fort honnête[4].

ANGÉLIQUE. – Le plus honnête du monde.

ARGAN. – Qui parle bien latin et grec.

ANGÉLIQUE. – C'est ce que je ne sais pas.

ARGAN. – Et qui sera reçu médecin dans trois jours.

ANGÉLIQUE. – Lui, mon père ?

1. **Je ne [...] vous dire** : je vous dirai franchement.
2. **Connaître** : nous rencontrer.
3. **Inclination** : attirance amoureuse.
4. **Fort honnête** : bien élevé.

ARGAN. – Oui. Est-ce qu'il ne te l'a pas dit ?

ANGÉLIQUE. – Non, vraiment. Qui vous l'a dit, à vous ?

ARGAN. – Monsieur Purgon.

ANGÉLIQUE. – Est-ce que Monsieur Purgon le connaît ?

ARGAN. – La belle demande ! Il faut bien qu'il le connaisse, puisque c'est son neveu.

ANGÉLIQUE. – Cléante, neveu de Monsieur Purgon ?

ARGAN. – Quel Cléante ? Nous parlons de celui pour qui l'on t'a demandée en mariage.

ANGÉLIQUE. – Hé ! oui.

ARGAN. – Hé bien, c'est le neveu de Monsieur Purgon, qui est le fils de son beau-frère le médecin, Monsieur Diafoirus ; et ce fils s'appelle Thomas Diafoirus, et non pas Cléante ; et nous avons conclu ce mariage-là ce matin, Monsieur Purgon, Monsieur Fleurant et moi, et demain ce gendre prétendu[1] doit m'être amené par son père. Qu'est-ce ? Vous voilà toute ébaubie[2].

ANGÉLIQUE. – C'est, mon père, que je connais[3] que vous avez parlé d'une personne, et que j'ai entendu une autre●.

TOINETTE. – Quoi ! Monsieur, vous auriez fait ce dessein burlesque[4] ? et, avec tout le bien que vous avez, vous voudriez marier votre fille avec un médecin ?

ARGAN. – Oui. De quoi te mêles-tu, coquine, impudente[5] que tu es ?

TOINETTE. – Mon Dieu ! tout doux. Vous allez d'abord[6] aux invectives[7]. Est-ce que nous ne pouvons pas raisonner ensemble sans nous emporter ? Là, parlons de sang-froid. Quelle est votre raison, s'il vous plaît, pour un tel mariage ?

1. **Prétendu** : futur.
2. **Ébaubie** : surprise, étonnée.
3. **Que je connais** : que je me rends compte.
4. **Dessein burlesque** : projet ridicule.
5. **Impudente** : insolente.
6. **D'abord** : tout de suite, d'emblée.
7. **Invectives** : paroles violentes et injurieuses.

● **Ce malentendu entre deux personnages, que l'on appelle quiproquo, est caractéristique de la farce* et de la comédie*.**

ARGAN. – Ma raison est que, me voyant infirme et malade comme je suis, je veux me faire un gendre et des alliés[1] médecins, afin de m'appuyer de bons secours contre ma maladie, d'avoir dans ma famille les sources des remèdes qui me sont nécessaires et d'être à même des consultations et des ordonnances.

TOINETTE. – Hé bien, voilà dire une raison, et il y a plaisir à se répondre doucement les uns aux autres. Mais, Monsieur, mettez la main à la conscience : est-ce que vous êtes malade ?

ARGAN. – Comment, coquine, si je suis malade ? si je suis malade, impudente !

TOINETTE. – Hé bien, oui, Monsieur, vous êtes malade : n'ayons point de querelle là-dessus. Oui, vous êtes fort malade ; j'en demeure d'accord, et plus malade que vous ne pensez : voilà qui est fait. Mais votre fille doit épouser un mari pour elle, et, n'étant point malade, il n'est pas nécessaire de lui donner un médecin.

ARGAN. – C'est pour moi que je lui donne ce médecin ; et une fille de bon naturel doit être ravie d'épouser ce qui est utile à la santé de son père.

TOINETTE. – Ma foi, Monsieur, voulez-vous qu'en amie je vous donne un conseil ?

ARGAN. – Quel est-il, ce conseil ?

TOINETTE. – De ne point songer à ce mariage-là.

ARGAN. – Et la raison ?

TOINETTE. – La raison, c'est que votre fille n'y consentira point.

ARGAN. – Elle n'y consentira point ?

TOINETTE. – Non.

ARGAN. – Ma fille ?

1. **Alliés** : parents par alliance.

TOINETTE. – Votre fille. Elle vous dira qu'elle n'a que faire de Monsieur Diafoirus●, ni de son fils Thomas Diafoirus, ni de tous les Diafoirus du monde.

ARGAN. – J'en ai affaire[1], moi, outre que le parti est plus avantageux qu'on ne pense : Monsieur Diafoirus n'a que ce fils-là pour tout héritier ; et, de plus, Monsieur Purgon, qui n'a ni femme ni enfants, lui donne tout son bien en faveur de ce mariage ; et Monsieur Purgon est un homme qui a huit mille bonnes livres de rente[2].

TOINETTE. – Il faut qu'il ait tué bien des gens pour s'être fait si riche.

ARGAN. – Huit mille livres de rente sont quelque chose, sans compter le bien du père.

TOINETTE. – Monsieur, tout cela est bel et bon ; mais j'en reviens toujours là : je vous conseille entre nous de lui choisir un autre mari, et elle n'est point faite pour être Madame Diafoirus.

ARGAN. – Et je veux, moi, que cela soit.

TOINETTE. – Eh fi !ne dites pas cela !

ARGAN. – Comment ! que je ne dise pas cela ?

TOINETTE. – Hé ! non.

ARGAN. – Et pourquoi ne le dirai-je pas ?

TOINETTE. – On dira que vous ne songez pas à ce que vous dites.

ARGAN. – On dira ce qu'on voudra, mais je vous dis que je veux qu'elle exécute la parole que j'ai donnée.

TOINETTE. – Non, je suis sûre qu'elle ne le fera pas.

ARGAN. – Je l'y forcerai bien.

1. **J'en ai affaire** : j'en ai besoin.
2. **Rente** : revenu.

● **Le nom de Diafoirus est composé de deux éléments. « Dia » commence comme « diarrhée » et « foirus » appartient à la famille de « foire », synonyme familier de « colique ». Les allusions comiques aux dérangements intestinaux sont présentes dans toute la pièce. Ici, le choix du nom ridiculise le médecin qui le porte.**

TOINETTE. – Elle ne le fera pas, vous dis-je.

ARGAN. – Elle le fera, ou je la mettrai dans un couvent.

TOINETTE. – Vous ?

ARGAN. – Moi.

TOINETTE. – Bon[1] !

ARGAN. – Comment, bon ?

TOINETTE. – Vous ne la mettrez point dans un couvent.

ARGAN. – Je ne la mettrai point dans un couvent ?

TOINETTE. – Non.

ARGAN. – Non ?

TOINETTE. – Non.

ARGAN. – Ouais ![2] Voici qui est plaisant ! Je ne mettrai pas ma fille dans un couvent, si je veux ?

TOINETTE. – Non, vous dis-je.

ARGAN. – Qui m'en empêchera ?

TOINETTE. – Vous-même.

ARGAN. – Moi ?

TOINETTE. – Oui, vous n'aurez pas ce cœur[3]-là.

ARGAN. – Je l'aurai.

TOINETTE. – Vous vous moquez.

ARGAN. – Je ne me moque point.

TOINETTE. – La tendresse paternelle vous prendra.

ARGAN. –Elle ne me prendra point.

1. **Bon !** : cette exclamation de Toinette signifie qu'elle doute des paroles d'Argan.
2. **Ouais !** : Ah oui !, Tiens donc ! (exclamation).
3. **Cœur** : courage.

Même si environ un quart des filles restaient célibataires, une jeune fille, au XVIIe siècle, était élevée pour être femme et mère, et son éducation très chrétienne pouvait aussi la préparer, éventuellement, à devenir religieuse.

TOINETTE. – Une petite larme ou deux, des bras jetés au cou, un « mon petit papa mignon », prononcé tendrement, sera assez pour vous toucher.

ARGAN. – Tout cela ne fera rien.

TOINETTE. – Oui, oui.

ARGAN. – Je vous dis que je n'en démordrai point.

TOINETTE. – Bagatelles[1].

ARGAN. – Il ne faut point dire bagatelles.

TOINETTE. – Mon Dieu, je vous connais, vous êtes bon naturellement.

ARGAN, *avec emportement.* – Je ne suis point bon, et je suis méchant quand je veux.

TOINETTE. – Doucement, Monsieur, vous ne songez pas que vous êtes malade.

ARGAN. – Je lui commande absolument de se préparer à prendre le mari que je dis.

TOINETTE. – Et moi, je lui défends absolument d'en faire rien.

ARGAN. – Où est-ce donc que nous sommes ? et quelle audace est-ce là à une coquine de servante de parler de la sorte devant son maître ?

TOINETTE. – Quand un maître ne songe pas à ce qu'il fait, une servante bien sensée[2] est en droit de le redresser[3].

ARGAN, *court après Toinette.* – Ah ! insolente, il faut que je t'assomme.

TOINETTE, *se sauve de lui.* – Il est de mon devoir de m'opposer aux choses qui vous peuvent déshonorer.

ARGAN, *en colère, court après elle autour de sa chaise, son bâton à la main.* – Viens, viens, que je t'apprenne à parler.

1. **Bagatelles** : expression qui marque l'incrédulité. Toinette ne croit pas Argan.
2. **Bien sensée** : qui possède du bon sens.
3. **Redresser** : remettre sur la bonne voie.

TOINETTE, *courant, et se sauvant du côté de la chaise où n'est pas Argan.* – Je m'intéresse, comme je dois, à ne vous point laisser faire de folie.

ARGAN. – Chienne !

TOINETTE. – Non, je ne consentirai jamais à ce mariage.

ARGAN. – Pendarde[1] !

TOINETTE. – Je ne veux point qu'elle épouse votre Thomas Diafoirus.

ARGAN. – Carogne !

TOINETTE. – Et elle m'obéira plutôt qu'à vous.

ARGAN. – Angélique, tu ne veux pas m'arrêter cette coquine-là ?

ANGÉLIQUE. – Eh ! mon père, ne vous faites point malade.

ARGAN. – Si tu ne me l'arrêtes, je te donnerai ma malédiction.

TOINETTE. – Et moi, je la déshériterai si elle vous obéit.

ARGAN, *se jette dans sa chaise, étant las de courir après elle.* – Ah ! ah ! je n'en puis plus. Voilà pour me faire mourir.

SCÈNE 6 – BÉLINE, ANGÉLIQUE, TOINETTE, ARGAN

ARGAN. – Ah ! ma femme, approchez.

BÉLINE. – Qu'avez-vous, mon pauvre mari ?

ARGAN. – Venez-vous-en ici à mon secours.

BÉLINE. – Qu'est-ce que c'est donc qu'il y a, mon petit fils ?

ARGAN. – Ma mie[2].

BÉLINE. – Mon ami.

ARGAN. – On vient de me mettre en colère.

BÉLINE. – Hélas ! pauvre petit mari ! Comment donc, mon ami ?

1. **Pendarde** : étymologiquement, digne d'être pendue. Il s'agit d'une injure.
2. **Ma mie** : mon amie.

ARGAN. – Votre coquine de Toinette est devenue plus insolente que jamais.

BÉLINE. – Ne vous passionnez donc point[1].

ARGAN. – Elle m'a fait enrager, ma mie.

BÉLINE. – Doucement, mon fils.

ARGAN. – Elle a contrecarré[2], une heure durant, les choses que je veux faire.

BÉLINE. – Là, là, tout doux !

ARGAN. – Et a eu l'effronterie de me dire que je ne suis point malade.

BÉLINE. – C'est une impertinente.

ARGAN. – Vous savez, mon cœur, ce qui en est.

BÉLINE. – Oui, mon cœur, elle a tort.

ARGAN. – Mamour[3], cette coquine-là me fera mourir.

BÉLINE. – Hé, là ! hé, là !

ARGAN. – Elle est la cause de toute la bile que je fais●.

BÉLINE. – Ne vous fâchez point tant.

ARGAN. – Et il y a je ne sais combien[4] que je vous dis de me la chasser.

BÉLINE. – Mon Dieu, mon fils[5], il n'y a point de serviteurs et de servantes qui n'aient leurs défauts. On est contraint parfois de souffrir leurs mauvaises qualités à cause des bonnes. Celle-ci est adroite, soigneuse, diligente[6], et surtout fidèle[7], et vous savez qu'il faut maintenant de grandes précautions pour les gens que l'on prend. Holà ! Toinette !

TOINETTE. – Madame.

1. **Ne vous passionnez donc point** : ne vous mettez pas en colère.
2. **Elle a contrecarré** : elle s'est opposée à.
3. **Mamour** : mon amour.
4. **Combien** : combien de temps.
5. **Mon fils** : terme d'affection.
6. **Diligente** : rapide.
7. **Fidèle** : attachée à ses maîtres.

● **L'excès de bile était considéré comme un signe de mauvaise santé.**

BÉLINE. – Pourquoi donc est-ce que vous mettez mon mari en colère ?

TOINETTE, *d'un ton doucereux*[1]. – Moi, Madame ? Hélas ! je ne sais pas ce que vous voulez dire, et je ne songe qu'à complaire à Monsieur en toutes choses.

ARGAN. – Ah ! la traîtresse !

TOINETTE. – Il nous a dit qu'il voulait donner sa fille en mariage au fils de Monsieur Diafoirus ; je lui ai répondu que je trouvais le parti avantageux pour elle, mais que je croyais qu'il ferait mieux de la mettre dans un couvent.

BÉLINE. – Il n'y a pas grand mal à cela, et je trouve qu'elle a raison.

ARGAN. – Ah ! mamour, vous la croyez ! C'est une scélérate, elle m'a dit cent insolences.

BÉLINE. – Hé bien, je vous crois, mon ami. Là, remettez-vous. Écoutez, Toinette : si vous fâchez jamais mon mari, je vous mettrai dehors. Çà, donnez-moi son manteau fourré et des oreillers, que je l'accommode dans sa chaise. Vous voilà je ne sais comment. Enfoncez bien votre bonnet jusque sur vos oreilles ; il n'y a rien qui enrhume tant que de prendre l'air par les oreilles.

ARGAN. – Ah ! ma mie, que je vous suis obligé de tous les soins que vous prenez de moi !

BÉLINE, *accommodant les oreillers qu'elle met autour d'Argan*. – Levez-vous, que je mette ceci sous vous. Mettons celui-ci pour vous appuyer, et celui-là de l'autre côté. Mettons celui-ci derrière votre dos, et cet autre-là pour soutenir votre tête.

TOINETTE, *lui mettant rudement un oreiller sur la tête, et puis fuyant*. – Et celui-ci pour vous garder du serein[2].

1. **Doucereux** : mielleux, d'une douceur hypocrite.
2. **Serein** : humidité qui tombe avec le soir.

ARGAN *se lève en colère, et jette tous les oreillers à Toinette.* – Ah ! coquine, tu veux m'étouffer.

BÉLINE. – Hé, là ! hé, là ! Qu'est-ce que c'est donc ?

ARGAN, *tout essoufflé, se jette dans sa chaise.* – Ah, ah, ah ! je n'en puis plus.

BÉLINE. – Pourquoi vous emporter ainsi ? Elle a cru faire bien.

ARGAN. – Vous ne connaissez pas, mamour, la malice[1] de la pendarde. Ah ! elle m'a mis tout hors de moi ; et il faudra plus de huit médecines et douze lavements pour réparer tout ceci.

BÉLINE. – Là, là, mon petit ami, apaisez-vous un peu.

ARGAN. – Ma mie, vous êtes toute ma consolation.

BÉLINE. – Pauvre petit fils !

ARGAN. – Pour tâcher de reconnaître l'amour que vous me portez, je veux, mon cœur, comme je vous ai dit, faire mon testament.

BÉLINE. – Ah ! mon ami, ne parlons point de cela, je vous prie ; je ne saurais souffrir[2] cette pensée, et le seul mot de testament me fait tressaillir de douleur.

ARGAN. – Je vous avais dit de parler pour cela à votre notaire.

BÉLINE. – Le voilà là-dedans[3] que j'ai ramené avec moi.

ARGAN. – Faites-le donc entrer, mamour.

BÉLINE. – Hélas ! mon ami, quand on aime bien un mari, on n'est guère en état de songer à tout cela.

1. **Malice** : méchanceté.
2. **Souffrir** : supporter.
3. **Là-dedans** : ici, dans la maison.

SCÈNE 7 – LE NOTAIRE, BÉLINE, ARGAN

ARGAN. – Approchez, Monsieur de Bonnefoi●, approchez. Prenez un siège, s'il vous plaît. Ma femme m'a dit, Monsieur, que vous étiez fort honnête homme, et tout à fait de ses amis ; et je l'ai chargée de vous parler pour un testament que je veux faire.

BÉLINE. – Hélas ! je ne suis point capable de parler de ces choses-là.

LE NOTAIRE. – Elle m'a, Monsieur, expliqué vos intentions et le dessein où vous êtes pour elle[1] ; et j'ai à vous dire là-dessus que vous ne sauriez rien donner à votre femme par votre testament.

ARGAN. – Mais pourquoi ?

LE NOTAIRE. – La Coutume[2] y résiste. Si vous étiez en pays de droit écrit, cela se pourrait faire ; mais à Paris et dans les pays coutumiers, au moins dans la plupart, c'est ce qui ne se peut, et la disposition serait nulle. Tout l'avantage qu'homme et femme conjoints par mariage se peuvent faire l'un à l'autre, c'est un don mutuel entre vifs[3], encore faut-il qu'il n'y ait enfants, soit des deux conjoints, ou de l'un d'eux, lors du décès du premier mourant.

ARGAN. – Voilà une Coutume bien impertinente, qu'un mari ne puisse rien laisser à une femme dont il est aimé tendrement et qui prend de lui tant de soin ! J'aurais envie de consulter mon avocat pour voir comment je pourrais faire.

LE NOTAIRE. – Ce n'est point à des avocats qu'il faut aller, car ils sont d'ordinaire sévères là-dessus et s'imaginent que c'est un grand crime que de disposer en fraude de la loi. Ce sont gens de

1. **Le dessein [...] elle** : ce que vous voulez faire pour elle.
2. **La Coutume** : lois orales. La France est au XVIIe siècle un pays coutumier qui obéit donc à ces lois.
3. **Vifs** : personnes vivantes.

● **Molière s'amuse à donner à son personnage un nom qui est en contradiction avec ce qu'il doit faire pour Argan et Béline.**

difficultés, et qui sont ignorants des détours de la conscience[1]. Il y a d'autres personnes à consulter qui sont bien plus accommodantes, qui ont des expédients[2] pour passer doucement[3] pardessus la loi et rendre juste ce qui n'est pas permis, qui savent aplanir les difficultés d'une affaire et trouver des moyens d'éluder[4] la Coutume par quelque avantage indirect. Sans cela, où en serions-nous tous les jours ? Il faut de la facilité dans les choses ; autrement nous ne ferions rien, et je ne donnerais pas un sou de notre métier.

ARGAN. – Ma femme m'avait bien dit, Monsieur, que vous étiez fort habile[5] et fort honnête homme. Comment puis-je faire, s'il vous plaît, pour lui donner mon bien et en frustrer mes enfants ?

LE NOTAIRE. – Comment vous pouvez faire ? Vous pouvez choisir doucement un ami intime de votre femme, auquel vous donnerez en bonne forme par votre testament tout ce que vous pouvez ; et cet ami ensuite lui rendra tout. Vous pouvez encore contracter un grand nombre d'obligations[6], non suspectes, au profit de divers créanciers[7], qui prêteront leur nom à votre femme, et entre les mains de laquelle ils mettront leur déclaration que ce qu'ils en ont fait n'a été que pour lui faire plaisir. Vous pouvez aussi, pendant que vous êtes en vie, mettre entre ses mains de l'argent comptant, ou des billets[8], que vous pourrez avoir, payables au porteur[9]●.

1. **Détours de la conscience** : justifications qu'on se donne pour contourner la Loi.
2. **Expédients** : moyens.
3. **Doucement** : sans bruit.
4. **Éluder** : échapper à.
5. **Habile** : savant.
6. **Obligations** : documents par lesquels on reconnaît devoir de l'argent.
7. **Créanciers** : personnes à qui l'on doit de l'argent.
8. **Billets** : reconnaissances de dettes.
9. **Payables au porteur** : payables à celui qui détient le billet.

● **Le notaire ne se soucie pas de la morale. Il donne des renseignements juridiques utiles, pour permettre à Argan de priver ses enfants de son héritage.**

BÉLINE. – Mon Dieu ! Il ne faut point vous tourmenter de tout cela. S'il vient faute de vous[1], mon fils, je ne veux plus rester au monde.

ARGAN. – Ma mie !

BÉLINE. – Oui, mon ami, si je suis assez malheureuse pour vous perdre...

ARGAN. – Ma chère femme !

BÉLINE. – La vie ne me sera plus de rien.

ARGAN. – Mamour !

BÉLINE. – Et je suivrai vos pas pour vous faire connaître la tendresse que j'ai pour vous.

ARGAN. – Ma mie, vous me fendez le cœur. Consolez-vous, je vous en prie.

LE NOTAIRE. – Ces larmes sont hors de saison[2], et les choses n'en sont point encore là.

BÉLINE. – Ah ! Monsieur, vous ne savez pas ce que c'est qu'un mari qu'on aime tendrement.

ARGAN. – Tout le regret que j'aurai, si je meurs, ma mie, c'est de n'avoir point un enfant de vous. Monsieur Purgon m'avait dit qu'il m'en ferait faire un.

LE NOTAIRE. – Cela pourra venir encore.

ARGAN. – Il faut faire mon testament, mamour, de la façon que Monsieur dit ; mais par précaution je veux vous mettre entre les mains vingt mille francs en or, que j'ai dans le lambris[3] de mon alcôve et deux billets payables au porteur, qui me sont dus, l'un par Monsieur Damon, et l'autre par Monsieur Géronte.

BÉLINE. – Non, non, je ne veux point de tout cela. Ah ! combien dites-vous qu'il y a dans votre alcôve ?

1. **S'il vient faute de vous** : si vous venez à mourir.
2. **Hors de saison** : hors de propos.
3. **Lambris** : revêtement, en bois le plus souvent, des parois ou du plafond d'une pièce.

ARGAN. – Vingt mille francs, mamour.

BÉLINE. – Ne me parlez point de bien, je vous prie. Ah ! de combien sont les deux billets ?

ARGAN. – Ils sont, ma mie, l'un de quatre mille francs, et l'autre de six.

BÉLINE. – Tous les biens du monde, mon ami, ne me sont rien au prix de vous.

LE NOTAIRE. – Voulez-vous que nous procédions au testament ?

ARGAN. – Oui, Monsieur, mais nous serons mieux dans mon petit cabinet[1]. Mamour, conduisez-moi, je vous prie.

BÉLINE. – Allons, mon pauvre petit fils.

SCÈNE 8 – ANGÉLIQUE, TOINETTE

TOINETTE. – Les voilà avec un notaire, et j'ai ouï parler de testament. Votre belle-mère ne s'endort point, et c'est sans doute quelque conspiration contre vos intérêts où elle pousse votre père.

ANGÉLIQUE. – Qu'il dispose de son bien à sa fantaisie, pourvu qu'il ne dispose point de mon cœur. Tu vois, Toinette, les desseins[2] violents que l'on fait sur lui. Ne m'abandonne point, je te prie, dans l'extrémité où je suis.

TOINETTE. – Moi, vous abandonner ? j'aimerais mieux mourir. Votre belle-mère a beau me faire sa confidente et me vouloir jeter dans ses intérêts, je n'ai jamais pu avoir d'inclination pour elle, et j'ai toujours été de votre parti. Laissez-moi faire,

1. **Cabinet** : bureau.
2. **Desseins** : projets.

j'emploierai toute chose pour vous servir : mais pour vous servir avec plus d'effet, je veux changer de batterie[1], couvrir[2] le zèle que j'ai pour vous, et feindre d'entrer dans les sentiments de votre père et de votre belle-mère.

ANGÉLIQUE. – Tâche, je t'en conjure, de faire donner avis à Cléante du mariage qu'on a conclu.

TOINETTE. – Je n'ai personne à employer à cet office que le vieux usurier[3] Polichinelle[4], mon amant, et il m'en coûtera pour cela quelques paroles de douceur, que je veux bien dépenser pour vous. Pour aujourd'hui, il est trop tard ; mais demain, de grand matin, je l'enverrai quérir, et il sera ravi de...

BÉLINE. – Toinette !

TOINETTE. – Voilà qu'on m'appelle. Bonsoir. Reposez-vous sur moi.

(Le théâtre change et représente une ville.)

1. **Changer de batterie** : utiliser d'autres méthodes.
2. **Couvrir** : cacher.
3. **Usurier** : personne qui prête de l'argent avec intérêts.
4. **Polichinelle** : personnage type de la *commedia dell'arte** (comédie italienne). Il n'a aucun rapport avec l'histoire, et son statut d'amant de Toinette permet de justifier le premier intermède, simple divertissement caractéristique de la comédie-ballet.

Premier intermède

Polichinelle, dans la nuit, vient pour donner une sérénade[1] *à sa maîtresse. Il est interrompu d'abord par des violons, contre lesquels il se met en colère, et ensuite par le guet*[2]*, composé de musiciens et de danseurs.*

POLICHINELLE. – Ô amour, amour, amour, amour ! Pauvre Polichinelle, quelle diable de fantaisie t'es-tu allé mettre dans la cervelle ? À quoi t'amuses-tu, misérable insensé que tu es ? Tu quittes le soin de ton négoce[3], et tu laisses aller tes affaires à l'abandon. Tu ne manges plus, tu ne bois presque plus, tu perds le repos de la nuit, et tout cela pour qui ? Pour une dragonne, franche dragonne ; une diablesse qui te rembarre et se moque de tout ce que tu peux lui dire. Mais il n'y a point à raisonner là-dessus. Tu le veux, amour : il faut être fou comme beaucoup d'autres. Cela n'est pas le mieux du monde à un homme de mon âge ; mais qu'y faire ? On n'est pas sage quand on veut, et les vieilles cervelles se démontent comme les jeunes.

Je viens voir si je ne pourrai point adoucir ma tigresse par une sérénade. Il n'y a rien parfois qui soit si touchant qu'un amant qui vient chanter ses doléances aux gonds et aux verrous de la porte de sa maîtresse. Voici de quoi accompagner ma voix. Ô nuit, ô chère nuit ! porte mes plaintes amoureuses jusque dans le lit de mon inflexible.

(Il chante ces paroles.)

1. **Sérénade** : concert donné la nuit sous les fenêtres, en hommage à quelqu'un, le plus souvent à la femme qu'on aime.
2. **Guet** : groupe de personnes qui surveillent la ville pendant la nuit.
3. **Négoce** : commerce, travail.

Notte e dì v'amo e v'adoro,	Nuit et jour je vous aime et vous adore.
Cerco un sì per mio ristoro ;	Je cherche un oui pour mon réconfort ;
Ma se voi dite di no,	Mais si vous dites non,
Bell'ingrata, io morirò.	Belle ingrate, je mourrai.
Fra la speranza	À travers l'espérance
S'afflige il cuore,	S'afflige le cœur,
In lontananza	Car dans l'absence
Consuma l'hore ;	Il consume les heures.
Si dolce inganno	La si douce illusion
Che mi figura	Qui me représente
Breve l'affanno,	La fin proche de mon tourment,
Ahi ! troppo dura.	Hélas ! dure trop.
Cosi per tropp'amar languisco e muoro.	Aussi pour trop aimer je languis et je meurs.
Notte e dì v'amo e v'adoro,	Nuit et jour je vous aime et vous adore.
Cerco un sì per mio ristoro ;	Je cherche un oui pour mon réconfort ;
Ma se voi dite di no,	Mais si vous dites non,
Bell'ingrata, io morirò.	Belle ingrate, je mourrai.
Se non dormite,	Si vous ne dormez pas,
Almen pensate	Pensez au moins
Alle ferite	Aux blessures
Ch'al cuor mi fate ;	Qu'au cœur vous me faites.
Deh ! almen fingete	Ah ! feignez au moins,
Per mio conforto,	Pour mon réconfort,
Se m'uccidete,	Si vous me tuez,
D'haver il torto :	D'en avoir remords :

Vostra pietà mi scemerà il martoro.	Votre pitié me diminuera mon martyre.
Notte e dì v'amo e v'adoro,	Nuit et jour je vous aime et vous adore.
Cerco un sì per mio ristoro ;	Je cherche un oui pour mon réconfort ;
Ma se voi dite di no,	Mais si vous dites non,
Bell'ingrata, io moriró.	Belle ingrate, je mourrai.

Une vieille se présente à la fenêtre, et répond au signor Polichinelle en se moquant de lui.

Zerbinetti, ch'ogn'hor con finti sguardi,	Freluquets qui à toute heure avec des regards trompeurs,
Mentiti desiri,	Désirs menteurs,
Fallaci sospiri,	Soupirs fallacieux,
Accenti buggiardi,	Accents perfides,
Di fede vi preggiate,	Vous vantez de votre foi,
Ah ! che non m'ingannate.	Ah ! que vous ne m'abusez pas.
Che già so per prova	Car déjà je sais par expérience,
Ch'in voi non si trova	Qu'en vous on ne trouve
Constanza ne fede ;	Constance ni foi ;
Oh ! quanto è pazza colei che vi crede !	Oh ! comme elle est folle celle qui vous croit !
Quei sguardi languidi	Les regards languissants
Non m'innamorano,	Ne me troublent plus,
Quei sospir fervidi	Ces soupirs brûlants
Più non m'infiammano ;	Ne m'enflamment plus ;
Vel giuro a fe.	Je vous le jure sur ma foi.
Zerbino misero,	Malheureux galant,

Del vostro piangere	De toutes vos plaintes
Il mio cor libero	Mon cœur libéré
Vuol sempre ridere.	Veut toujours se rire.
Credet'a me,	Croyez-moi,
Che già so per prova	Déjà je sais par expérience,
Ch'in voi non si trova	Qu'en vous on ne trouve
Constanza ne fede ;	Constance ni foi ;
Oh ! quanto è pazza colei che vi crede !	Oh ! comme elle est folle celle qui vous croit !

(Violons.)

POLICHINELLE. – Quelle impertinente harmonie vient interrompre ici ma voix ?

(Violons.)

POLICHINELLE. – Paix là ! taisez-vous, violons. Laissez-moi me plaindre à mon aise des cruautés de mon inexorable[1].

(Violons.)

POLICHINELLE. – Taisez-vous, vous dis-je ! C'est moi qui veux chanter.

(Violons.)

POLICHINELLE. – Paix donc !

(Violons.)

POLICHINELLE. – Ouais !

(Violons.)

POLICHINELLE. – Ahi !

(Violons.)

POLICHINELLE. – Est-ce pour rire ?

(Violons.)

POLICHINELLE. – Ah ! que de bruit !

1. **Inexorable** : personne qui ne se laisse pas persuader ni attendrir.

(Violons.)

POLICHINELLE. – Le diable vous emporte !

(Violons.)

POLICHINELLE. – J'enrage !

(Violons.)

POLICHINELLE. – Vous ne vous tairez pas ? Ah ! Dieu soit loué !

(Violons.)

POLICHINELLE. – Encore ?

(Violons.)

POLICHINELLE. – Peste des violons !

(Violons.)

POLICHINELLE. – La sotte musique que voilà !

(Violons.)

POLICHINELLE, *chantant pour se moquer des violons.* – La, la, la, la, la, la.

(Violons.)

POLICHINELLE. – La, la, la, la, la, la.

(Violons.)

POLICHINELLE. – La, la, la, la, la, la.

(Violons.)

POLICHINELLE. – La, la, la, la, la.

(Violons.)

POLICHINELLE. – La, la, la, la, la, la.

(Violons.)

POLICHINELLE, *avec un luth*[1]*, dont il ne joue que des lèvres et de la langue, en disant :* plin, tan, plan, *etc.* – Par ma foi, cela me divertit. Poursuivez, messieurs les violons, vous me ferez plaisir. Allons donc, continuez, je vous en prie. Voilà le moyen de les faire taire. La musique est accoutumée à ne point faire ce qu'on

1. **Luth** : instrument à cordes.

veut. Oh sus[1] ! à nous ! Avant que de chanter, il faut que je prélude un peu et joue quelque pièce, afin de mieux prendre mon ton. Plan, plan, plan. Plin, plin, plin. Voilà un temps fâcheux pour mettre un luth d'accord. Plin, plin, plin. Plin, tan, plan. Plin, plin. Les cordes ne tiennent point par ce temps-là. Plin, plan. J'entends du bruit. Mettons mon luth contre la porte.

ARCHERS[2], *passant dans la rue, accourent au bruit qu'ils entendent et demandent en chantant.* – Qui va là ? qui va là ?

POLICHINELLE, *tout bas.* – Qui diable est-ce là ? Est-ce que c'est la mode de parler en musique● ?

ARCHERS. – Qui va là ? qui va là ? qui va là ?

POLICHINELLE, *épouvanté.* – Moi, moi, moi.

ARCHERS. – Qui va là ? qui va là ? vous dis-je.

POLICHINELLE. – Moi, moi, vous dis-je.

ARCHERS. – Et qui toi ? et qui toi ?

POLICHINELLE. – Moi, moi, moi, moi, moi, moi.

ARCHERS. – Dis ton nom, dis ton nom, sans davantage attendre.

POLICHINELLE, *feignant[3] d'être bien hardi.* – Mon nom est « Va te faire pendre ».

ARCHERS. – Ici, camarades, ici. Saisissons l'insolent qui nous répond ainsi.

1. **Oh sus !** : interjection servant à encourager, à exciter.
2. **Archers** : agents de police.
3. **Feignant** : faisant semblant.

● **Allusion moqueuse à la création imminente (avril 1673) du premier opéra français, écrit par Quinault et Lully, *Cadmus et Hermione*.**

ENTRÉE DE BALLET

Tout le guet vient, qui cherche Polichinelle dans la nuit. (Violons et danseurs.)

POLICHINELLE. – Qui va là ?

(Violons et danseurs.)

POLICHINELLE. – Qui sont les coquins que j'entends ?

(Violons et danseurs.)

POLICHINELLE. – Euh !

(Violons et danseurs.)

POLICHINELLE. – *Holà !* mes laquais, mes gens !

(Violons et danseurs.)

POLICHINELLE. – Par la mort !

(Violons et danseurs.)

POLICHINELLE. – Par le sang !

(Violons et danseurs.)

POLICHINELLE. – J'en jetterai par terre.

(Violons et danseurs.)

POLICHINELLE. – Champagne, Poitevin, Picard, Basque, Breton !

(Violons et danseurs.)

POLICHINELLE. – Donnez-moi mon mousqueton[1].

(Violons et danseurs.)

POLICHINELLE *fait semblant de tirer un coup de pistolet.* – Pouh !

(Ils tombent tous et s'enfuient.)

1. **Mousqueton :** pistolet ou fusil à canon court.

Au XVIIe siècle, il était fréquent de nommer les valets par le nom de leur province d'origine. C'est ce que fait ici Polichinelle qui fait semblant d'avoir de nombreux domestiques.

POLICHINELLE, *en se moquant* – Ah ! ah ! ah ! ah ! comme je leur ai donné l'épouvante. Voilà de sottes gens d'avoir peur de moi qui ai peur des autres. Ma foi, il n'est que de jouer d'adresse en ce monde. Si je n'avais tranché du grand seigneur et n'avais fait le brave, ils n'auraient pas manqué de me happer ! Ah ! ah ! ah !

(Les archers se rapprochent, et, ayant entendu ce qu'il disait, ils le saisissent au collet[1]*.)*

ARCHERS

Nous le tenons. À nous, camarades, à nous !
Dépêchez, de la lumière.

BALLET

Tout le guet vient avec des lanternes.

ARCHERS

Ah ! traître ! Ah ! fripon ! c'est donc vous ?
Faquin, maraud, pendard, impudent, téméraire,
Insolent, effronté, coquin, filou, voleur !
Vous osez nous faire peur !

POLICHINELLE

Messieurs, c'est que j'étais ivre.

ARCHERS

Non, non, non, point de raison.
Il faut vous apprendre à vivre.
En prison, vite, en prison.

POLICHINELLE

Messieurs, je ne suis point voleur.

1. **Collet** : partie du vêtement qui entoure le cou.

ARCHERS
En prison.

POLICHINELLE
Je suis un bourgeois de la ville.

ARCHERS
En prison.

POLICHINELLE
Qu'ai-je fait ?

ARCHERS
En prison, vite, en prison.

POLICHINELLE
Messieurs, laissez-moi aller.

ARCHERS
Non.

POLICHINELLE
Je vous en prie.

ARCHERS
Non.

POLICHINELLE
Eh !

ARCHERS
Non.

POLICHINELLE
De grâce !

ARCHERS
Non, non.

POLICHINELLE
Messieurs...

ARCHERS

Non, non, non.

POLICHINELLE

S'il vous plaît !

ARCHERS

Non, non.

POLICHINELLE

Par charité !

ARCHERS

Non, non.

POLICHINELLE

Au nom du Ciel !

ARCHERS

Non, non.

POLICHINELLE

Miséricorde !

ARCHERS

Non, non, non, point de raison,
Il faut vous apprendre à vivre.
En prison, vite, en prison.

POLICHINELLE. – Eh ! n'est-il rien, Messieurs, qui soit capable d'attendrir vos âmes ?

ARCHERS

Il est aisé de nous toucher.
Et nous sommes humains plus qu'on ne saurait croire.
Donnez-nous doucement six pistoles pour boire.
Nous allons vous lâcher.

POLICHINELLE. – Hélas ! Messieurs, je vous assure que je n'ai pas un sol sur moi.

ARCHERS

Au défaut de six pistoles,
Choisissez donc, sans façon,
D'avoir trente croquignoles[1]
Ou douze coups de bâton.

POLICHINELLE. – Si c'est une nécessité, et qu'il faille en passer par là, je choisis les croquignoles.

ARCHERS

Allons, préparez-vous,
Et comptez bien les coups.

BALLET

Les archers danseurs lui donnent des croquignoles en cadence.

POLICHINELLE. – Un et deux, trois et quatre, cinq et six, sept et huit, neuf et dix, onze et douze et treize et quatorze et quinze.

ARCHERS

Ah ! ah ! vous en voulez passer ;
Allons, c'est à recommencer.

POLICHINELLE. – Ah ! Messieurs, ma pauvre tête n'en peut plus, et vous venez de me la rendre comme une pomme cuite. J'aime encore mieux les coups de bâton que de recommencer.

ARCHERS

Soit ! puisque le bâton est pour vous plus charmant,
Vous aurez contentement.

1. **Croquignoles** : chiquenaudes.

BALLET

Les archers danseurs lui donnent des coups de bâton en cadence.

POLICHINELLE. – Un, deux, trois, quatre, cinq, six, ah ! ah ! ah ! je n'y saurais plus résister. Tenez, Messieurs, voilà six pistoles que je vous donne.

ARCHERS

Ah ! l'honnête homme ! ah ! l'âme noble et belle !
Adieu, seigneur, adieu, seigneur Polichinelle.

POLICHINELLE. – Messieurs, je vous donne le bonsoir.

Polichinelle rossé, *Premier intermède, illustration de Maurice Leloir, 1896, Émile Testard éditeur.*

ARCHERS

Adieu, seigneur, adieu, seigneur Polichinelle.

POLICHINELLE. – Votre serviteur.

ARCHERS

Adieu, seigneur, adieu, seigneur Polichinelle.

POLICHINELLE. – Très humble valet[1].

ARCHERS

Adieu, seigneur, adieu, seigneur Polichinelle.

POLICHINELLE. – Jusqu'au revoir.

BALLET

Ils dansent tous en réjouissance de l'argent qu'ils ont reçu.

(Le théâtre change et représente la même chambre.•)

1. **Très humble valet** : formule pour prendre congé.

• **Ce premier intermède, très joyeux, convient bien à l'atmosphère régnant lors d'un carnaval. C'est à cette période qu'a été créée la pièce, en février 1673.**

Acte II

SCÈNE 1 – TOINETTE, CLÉANTE

TOINETTE. – Que demandez-vous, Monsieur ?

CLÉANTE. – Ce que je demande ?

TOINETTE. – Ah ! ah ! c'est vous ? Quelle surprise ! Que venez-vous faire céans[1] ?

CLÉANTE. – Savoir ma destinée[2], parler à l'aimable[3] Angélique, consulter les sentiments de son cœur, et lui demander ses résolutions sur ce mariage fatal dont on m'a averti.

TOINETTE. – Oui, mais on ne parle pas comme cela de but en blanc à Angélique : il y faut des mystères[4], et l'on vous a dit l'étroite garde où elle est retenue, qu'on ne la laisse ni sortir ni parler à personne, et que ce ne fut que la curiosité[5] d'une vieille tante qui nous fit accorder la liberté d'aller à cette comédie qui donna lieu à la naissance de votre passion ; et nous nous sommes bien gardées de parler de cette aventure.

CLÉANTE. – Aussi ne viens-je pas ici comme Cléante et sous l'apparence de son amant, mais comme ami de son maître de musique, dont j'ai obtenu le pouvoir de dire qu'il m'envoie à sa place.

TOINETTE. – Voici son père. Retirez-vous un peu, et me laissez lui dire que vous êtes là.

1. **Céans** : ici.
2. **Ma destinée** : ce qui m'attend.
3. **Aimable** : digne d'être aimée.
4. **Mystères** : cérémonies.
5. **Curiosité** : intérêt pour le théâtre.

SCÈNE 2 – ARGAN, TOINETTE, CLÉANTE

ARGAN. – Monsieur Purgon m'a dit de me promener le matin dans ma chambre, douze allées et douze venues ; mais j'ai oublié à lui demander si c'est en long ou en large.

TOINETTE. – Monsieur, voilà un...

ARGAN. – Parle bas, pendarde ! tu viens m'ébranler tout le cerveau, et tu ne songes pas qu'il ne faut point parler si haut à des malades●.

TOINETTE. – Je voulais vous dire, Monsieur...

ARGAN. – Parle bas, te dis-je.

TOINETTE. – Monsieur... *(Elle fait semblant de parler.)*

ARGAN. – Eh ?

TOINETTE. – Je vous dis que... *(Elle fait semblant de parler.)*

ARGAN. – Qu'est-ce que tu dis ?

TOINETTE, *haut.* – Je dis que voilà un homme qui veut parler à vous.

ARGAN. – Qu'il vienne. *(Toinette fait signe à Cléante d'avancer.)*

CLÉANTE. – Monsieur...

TOINETTE, *raillant.* – Ne parlez pas si haut, de peur d'ébranler le cerveau de monsieur.

CLÉANTE. – Monsieur, je suis ravi de vous trouver debout et de voir que vous vous portez mieux.

TOINETTE, *feignant d'être en colère.* – Comment, « qu'il se porte mieux » ? Cela est faux. Monsieur se porte toujours mal.

● **Selon le théoricien de la langue contemporain de Molière, Géraud de Cordemoy, dont il se moque ici, les sons parviennent à l'intellect en « ébranlant le cerveau ».**

CLÉANTE. – J'ai ouï dire que Monsieur était mieux, et je lui trouve bon visage.

TOINETTE. – Que voulez-vous dire avec votre bon visage ? Monsieur l'a fort mauvais, et ce sont des impertinents[1] qui vous ont dit qu'il était mieux. Il ne s'est jamais si mal porté.

ARGAN. – Elle a raison.

TOINETTE. – Il marche, dort, mange et boit tout comme les autres ; mais cela n'empêche pas qu'il ne soit fort malade.

ARGAN. – Cela est vrai.

CLÉANTE. – Monsieur, j'en suis au désespoir. Je viens de la part du maître à chanter de Mademoiselle votre fille. Il s'est vu obligé d'aller à la campagne pour quelques jours, et, comme son ami intime, il m'envoie à sa place pour lui continuer ses leçons de peur qu'en les interrompant elle ne vînt à oublier ce qu'elle sait déjà.

ARGAN. – Fort bien. Appelez Angélique.

TOINETTE. – Je crois, Monsieur, qu'il sera mieux de mener Monsieur à sa chambre.

ARGAN. – Non, faites-la venir.

TOINETTE. – Il ne pourra lui donner leçon comme il faut s'ils ne sont en particulier.

ARGAN. – Si fait, si fait.

TOINETTE. – Monsieur, cela ne fera que vous étourdir, et il ne faut rien pour vous émouvoir en l'état où vous êtes et vous ébranler le cerveau●.

ARGAN. – Point, point, j'aime la musique, et je serai bien aise de... Ah ! la voici. Allez-vous-en voir, vous, si ma femme est habillée.

1. **Impertinents** : insolents.

● **On trouve déjà cette formule au début de la scène : comique de répétition.**

SCÈNE 3 – ARGAN, ANGÉLIQUE, CLÉANTE

ARGAN. – Venez, ma fille, votre maître de musique est allé aux champs, et voilà une personne qu'il envoie à sa place pour vous montrer[1].

ANGÉLIQUE. – Ah ! Ciel !

ARGAN. – Qu'est-ce ? d'où vient cette surprise ?

ANGÉLIQUE. – C'est...

ARGAN. – Quoi ? qui vous émeut de la sorte ?

ANGÉLIQUE. – C'est, mon père, une aventure surprenante qui se rencontre ici.

ARGAN. – Comment ?

ANGÉLIQUE. – J'ai songé[2] cette nuit que j'étais dans le plus grand embarras du monde, et qu'une personne faite tout comme Monsieur s'est présentée à moi, à qui j'ai demandé secours, et qui m'est venue tirer de la peine où j'étais ; et ma surprise a été grande de voir inopinément[3] en arrivant ici ce que j'ai eu dans l'idée toute la nuit.

CLÉANTE. – Ce n'est pas être malheureux que d'occuper votre pensée, soit en dormant, soit en veillant ; et mon bonheur serait grand sans doute si vous étiez dans quelque peine dont vous me jugeassiez digne de vous tirer ; et il n'y a rien que je ne fisse pour...

1. **Montrer** : donner une leçon de musique.
2. **J'ai songé** : j'ai rêvé.
3. **Inopinément** : de façon inattendue.

SCÈNE 4 – TOINETTE, CLÉANTE, ANGÉLIQUE, ARGAN

TOINETTE, *par dérision.* – Ma foi, Monsieur, je suis pour vous[1] maintenant, et je me dédis de[2] tout ce que je disais hier. Voici Monsieur Diafoirus le père et Monsieur Diafoirus le fils qui viennent vous rendre visite. Que vous serez bien engendré[3] ! Vous allez voir le garçon le mieux fait du monde et le plus spirituel. Il n'a dit que deux mots, qui m'ont ravie, et votre fille va être charmée de lui.

ARGAN, *à Cléante, qui feint de vouloir s'en aller.* – Ne vous en allez point, Monsieur. C'est que je marie ma fille, et voilà qu'on lui amène son prétendu mari, qu'elle n'a point encore vu.

CLÉANTE. – C'est m'honorer beaucoup, Monsieur, de vouloir que je sois témoin d'une entrevue si agréable.

ARGAN. – C'est le fils d'un habile médecin, et le mariage se fera dans quatre jours●.

CLÉANTE. – Fort bien.

ARGAN. – Mandez-le[4] un peu à son maître de musique, afin qu'il se trouve à la noce.

CLÉANTE. – Je n'y manquerai pas.

ARGAN. – Je vous y prie aussi.

CLÉANTE. – Vous me faites beaucoup d'honneur.

TOINETTE. – Allons, qu'on se range, les voici.

1. **Je suis pour vous** : je suis de votre avis.
2. **Je me dédis de** : je retire.
3. **Que vous serez bien engendré** : comme vous aurez un beau gendre. Jeu de mots : le véritable sens d'engendrer est donner naissance.
4. **Mandez-le** : faites-le savoir.

● **Dans quatre jours, Thomas Diafoirus aura prêté serment et sera médecin.**

SCÈNE 5 – MONSIEUR DIAFOIRUS, THOMAS DIAFOIRUS, ARGAN, ANGÉLIQUE, CLÉANTE

ARGAN, *mettant la main à son bonnet sans l'ôter*●. – Monsieur Purgon, Monsieur, m'a défendu de découvrir ma tête. Vous êtes du métier, vous savez les conséquences.

MONSIEUR DIAFOIRUS. – Nous sommes dans toutes nos visites pour porter secours aux malades, et non pour leur porter de l'incommodité.

ARGAN. – Je reçois, Monsieur...

(Ils parlent tous deux en même temps, s'interrompent et confondent.)

MONSIEUR DIAFOIRUS. – Nous venons ici, Monsieur...

ARGAN. – Avec beaucoup de joie...

MONSIEUR DIAFOIRUS. – Mon fils Thomas et moi...

ARGAN. – L'honneur que vous me faites...

MONSIEUR DIAFOIRUS. – Vous témoigner, Monsieur...

ARGAN. – Et j'aurais souhaité...

MONSIEUR DIAFOIRUS. – Le ravissement où nous sommes...

ARGAN. – De pouvoir aller chez vous...

MONSIEUR DIAFOIRUS. – De la grâce que vous nous faites...

ARGAN. – Pour vous en assurer...

MONSIEUR DIAFOIRUS. – De vouloir bien nous recevoir...

ARGAN. – Mais vous savez, Monsieur...

MONSIEUR DIAFOIRUS. – Dans l'honneur, Monsieur...

ARGAN. – Ce que c'est qu'un pauvre malade...

MONSIEUR DIAFOIRUS. – De votre alliance[1]...

1. **Alliance** : fait d'être liés par des liens de parenté, de par le mariage des enfants.

● **La politesse voudrait qu'Argan ôte son bonnet à l'arrivée d'un visiteur.**

ARGAN. – Qui ne peut faire autre chose...

MONSIEUR DIAFOIRUS. – Et vous assurer...

ARGAN. – Que de vous dire ici...

MONSIEUR DIAFOIRUS. – Que dans les choses qui dépendront de notre métier...

ARGAN. – Qu'il cherchera toutes les occasions...

MONSIEUR DIAFOIRUS. – De même qu'en toute autre...

ARGAN. – De vous faire connaître, Monsieur...

MONSIEUR DIAFOIRUS. – Nous serons toujours prêts, Monsieur...

ARGAN. – Qu'il est tout à votre service...

MONSIEUR DIAFOIRUS. – À vous témoigner notre zèle. *(Il se retourne vers son fils et lui dit :)* Allons, Thomas, avancez. Faites vos compliments.

THOMAS DIAFOIRUS, *est un grand benêt*[1], *nouvellement sorti des Écoles, qui fait toutes choses de mauvaise grâce et à contretemps.* – N'est-ce pas par le père qu'il convient de commencer ?

MONSIEUR DIAFOIRUS. – Oui.

THOMAS DIAFOIRUS. – Monsieur, je viens saluer, reconnaître, chérir et révérer en vous un second père, mais un second père auquel j'ose dire que je me trouve plus redevable qu'au premier. Le premier m'a engendré, mais vous m'avez choisi. Il m'a reçu par nécessité, mais vous m'avez accepté par grâce[2]. Ce que je tiens de lui est un ouvrage de son corps, mais ce que je tiens de vous est un ouvrage de votre volonté ; et, d'autant plus que les facultés spirituelles sont au-dessus des corporelles, d'autant plus je vous dois, et d'autant plus je tiens précieuse cette future

1. **Benêt** : idiot.
2. **Par grâce** : par faveur.

filiation[1], dont je viens aujourd'hui vous rendre par avance les très humbles et très respectueux hommages.

TOINETTE. – Vivent les collèges d'où l'on sort si habile homme !

THOMAS DIAFOIRUS. – Cela a-t-il bien été, mon père ?

MONSIEUR DIAFOIRUS. – *Optime*[2].

ARGAN, *à Angélique*. – Allons, saluez Monsieur.

THOMAS DIAFOIRUS. – Baiserai-je[3] ?

MONSIEUR DIAFOIRUS. – Oui, oui.

THOMAS DIAFOIRUS, *à Angélique*. – Madame, c'est avec justice que le Ciel vous a concédé le nom de belle-mère, puisque l'on...

ARGAN. – Ce n'est pas ma femme, c'est ma fille à qui vous parlez.

THOMAS DIAFOIRUS. – Où donc est-elle ?

ARGAN. – Elle va venir.

THOMAS DIAFOIRUS. – Attendrai-je, mon père, qu'elle soit venue ?

MONSIEUR DIAFOIRUS. – Faites toujours le compliment de Mademoiselle.

THOMAS DIAFOIRUS. – Mademoiselle, ne plus ne moins que la statue de Memnon[4] rendait un son harmonieux lorsqu'elle venait à être éclairée des rayons du soleil, tout de même me sens-je animé d'un doux transport[5] à l'apparition du soleil de vos beautés. Et, comme les naturalistes remarquent que la fleur nommée héliotrope[6] tourne sans cesse vers cet astre du jour, aussi mon cœur, dores-en-avant[7] tournera-t-il toujours vers les

1. **Filiation** : descendance de père en fils. Par le mariage, Thomas Diafoirus va devenir fils d'Argan.
2. ***Optime*** : très bien (en latin).
3. **Baiserai-je ?** : embrasserai-je ?
4. **Statue de Memnon** : statue qui représentait, selon les Grecs, Memnon, fils de l'Aurore. On disait que cette statue chantait au lever du soleil.
5. **Un doux transport** : une douce émotion.
6. **Héliotrope** : tournesol.
7. **Dores-en-avant** : dorénavant.

astres resplendissants de vos yeux adorables, ainsi que vers son pôle unique. Souffrez donc, Mademoiselle, que j'appende[1] aujourd'hui à l'autel de vos charmes l'offrande de ce cœur, qui ne respire et n'ambitionne autre gloire que d'être toute sa vie, Mademoiselle, votre très humble, très obéissant et très fidèle serviteur et mari.

TOINETTE, *en le raillant*[2]. – Voilà ce que c'est que d'étudier, on apprend à dire de belles choses.

ARGAN, *à Cléante*. – Eh ! que dites-vous de cela ?

CLÉANTE. – Que Monsieur fait merveilles, et que, s'il est aussi bon médecin qu'il est bon orateur, il y aura plaisir à être de ses malades.

TOINETTE. – Assurément. Ce sera quelque chose d'admirable, s'il fait d'aussi belles cures qu'il fait de beaux discours ;

ARGAN. – Allons, vite, ma chaise, et des sièges à tout le monde. Mettez-vous là, ma fille. Vous voyez, Monsieur, que tout le monde admire Monsieur votre fils, et je vous trouve bien heureux de vous voir un garçon comme cela.

MONSIEUR DIAFOIRUS. – Monsieur, ce n'est pas parce que je suis son père, mais je puis dire que j'ai sujet d'être content de lui, et que tous ceux qui le voient en parlent comme d'un garçon qui n'a point de méchanceté. Il n'a jamais eu l'imagination bien vive, ni ce feu[3] d'esprit qu'on remarque dans quelques-uns, mais c'est par là que j'ai toujours bien auguré de sa judiciaire[4], qualité requise pour l'exercice de notre art. Lorsqu'il était petit, il n'a jamais été ce qu'on appelle mièvre[5] et éveillé. On le voyait

1. **Que j'appende** : que je suspende.
2. **En le raillant** : en se moquant de lui.
3. **Ce feu** : cette vivacité.
4. **Sa judiciaire** : sa capacité de jugement.
5. **Mièvre** : malicieux (aujourd'hui : qui manque de vigueur).

toujours doux, paisible et taciturne[1], ne disant jamais mot, et ne jouant jamais à tous ces petits jeux que l'on nomme enfantins. On eut toutes les peines du monde à lui apprendre à lire, et il avait neuf ans qu'il ne connaissait pas encore ses lettres. « Bon, disais-je en moi-même, les arbres tardifs sont ceux qui portent les meilleurs fruits. On grave sur le marbre bien plus malaisément que sur le sable●, mais les choses y sont conservées bien plus longtemps ; et cette lenteur à comprendre, cette pesanteur d'imagination est la marque d'un bon jugement à venir. » Lorsque je l'envoyai au collège, il trouva de la peine ; mais il se raidissait contre les difficultés, et ses régents[2] se louaient toujours à moi de son assiduité et de son travail. Enfin, à force de battre le fer[3], il en est venu glorieusement à avoir ses licences ; et je puis dire sans vanité que depuis deux ans qu'il est sur les bancs[4], il n'y a point de candidat qui ait fait plus de bruit que lui dans toutes les disputes[5] de notre école. Il s'y est rendu redoutable, et il ne s'y passe point d'acte[6] où il n'aille argumenter à outrance pour la proposition contraire. Il est ferme dans la dispute, fort comme un Turc sur ses principes, ne démord jamais de son opinion, et poursuit un raisonnement jusque dans les derniers recoins de la logique. Mais, sur toute chose, ce qui me plaît en lui, et en quoi il suit mon exemple, c'est qu'il s'attache aveuglément aux opinions de nos anciens, et que jamais il n'a voulu comprendre ni écouter les raisons et les expériences des

1. **Taciturne** : silencieux.
2. **Régents** : maîtres d'école.
3. **Battre le fer** : s'exercer.
4. **Les bancs** : les bancs de la faculté.
5. **Disputes** : débats sur un sujet proposé.
6. **Acte** : soutenance de thèse.

● **L'idée développée ici est qu'une fois adulte, le cerveau est moins malléable pour apprendre. Mais l'image est à double tranchant et maladroite, car le marbre est un matériau noble et le sable est le symbole de ce qui ne reste pas.**

prétendues découvertes de notre siècle, touchant la circulation du sang, et autres opinions de même farine[1].

THOMAS DIAFOIRUS. *Il tire une grande thèse roulée de sa poche, qu'il présente à Angélique.* – J'ai contre les circulateurs[2] soutenu une thèse, qu'avec la permission de Monsieur, j'ose présenter à Mademoiselle comme un hommage que je lui dois des prémices de mon esprit.

ANGÉLIQUE. – Monsieur, c'est pour moi un meuble inutile[3], et je ne me connais pas à ces choses-là.

TOINETTE. – Donnez, donnez, elle est toujours bonne à prendre pour l'image, cela servira à parer notre chambre.

THOMAS DIAFOIRUS. – Avec la permission aussi de Monsieur, je vous invite à venir voir l'un de ces jours, pour vous divertir, la dissection d'une femme, sur quoi je dois raisonner.

TOINETTE. – Le divertissement sera agréable. Il y en a qui donnent la comédie à leurs maîtresses, mais donner une dissection est quelque chose de plus galant.

MONSIEUR DIAFOIRUS. – Au reste, pour ce qui est des qualités requises pour le mariage et la propagation[4], je vous assure que, selon les règles de nos docteurs, il est tel qu'on le peut souhaiter ; qu'il possède en un degré louable la vertu prolifique[5], et qu'il est du tempérament qu'il faut pour engendrer et procréer des enfants bien conditionnés[6].

1. **De même farine** : du même genre.
2. **Les circulateurs** : ceux qui soutiennent la théorie, nouvelle à l'époque, selon laquelle le sang circule dans le corps.
3. **Meuble inutile** : chose qui ne présente aucun intérêt.
4. **Propagation** : fait d'engendrer des enfants.
5. **Vertu prolifique** : capacité à faire des enfants.
6. **Bien conditionnés** : bien constitués.

ARGAN. – N'est-ce pas votre intention, Monsieur, de le pousser à la Cour et d'y ménager pour lui une charge de médecin ?

MONSIEUR DIAFOIRUS. – À vous en parler franchement, notre métier auprès des grands ne m'a jamais paru agréable, et j'ai toujours trouvé qu'il valait mieux, pour nous autres, demeurer au public[1]. Le public est commode. Vous n'avez à répondre de vos actions à personne ; et, pourvu que l'on suive le courant des règles de l'art, on ne se met point en peine de tout ce qui peut arriver. Mais ce qu'il y a de fâcheux auprès des grands, c'est que, quand ils viennent à être malades, ils veulent absolument que leurs médecins les guérissent.

TOINETTE. – Cela est plaisant, et ils sont bien impertinents de vouloir que, vous autres, Messieurs, vous les guérissiez ! Vous n'êtes point auprès d'eux pour cela, vous n'y êtes que pour recevoir vos pensions et leur ordonner des remèdes ; c'est à eux à guérir s'ils peuvent.

MONSIEUR DIAFOIRUS. – Cela est vrai. On n'est obligé qu'à traiter les gens dans les formes[2].

ARGAN, *à Cléante*. – Monsieur, faites un peu chanter ma fille devant la compagnie.

CLÉANTE. – J'attendais vos ordres, Monsieur, et il m'est venu en pensée, pour divertir la compagnie, de chanter avec Mademoiselle une scène d'un petit opéra qu'on a fait depuis peu. *(À Angélique, lui donnant un papier.)* Tenez, voilà votre partie.

ANGÉLIQUE. – Moi ?

CLÉANTE, *bas à Angélique*. – Ne vous défendez point, s'il vous plaît, et me laissez vous faire comprendre ce que c'est que la

1. **Au public** : au service de tous.
2. **Dans les formes** : selon les formes.

Le médecin du roi était un personnage fort respecté et tous les seigneurs de la Cour, les Grands, avaient aussi leur médecin personnel.

scène que nous devons chanter. *(Haut.)* Je n'ai pas une voix à chanter ; mais il suffit que je me fasse entendre, et l'on aura la bonté de m'excuser par la nécessité où je me trouve de faire chanter Mademoiselle.

ARGAN. – Les vers en sont-ils beaux ?

CLÉANTE. – C'est proprement ici un petit opéra[1] impromptu[2] et vous n'allez entendre chanter que de la prose cadencée, ou des manières de vers libres● tels que la passion et la nécessité peuvent faire trouver à deux personnes qui disent les choses d'elles-mêmes et parlent sur-le-champ.

ARGAN. – Fort bien. Écoutons.

CLÉANTE, *sous le nom d'un berger, explique à Angélique son amour depuis leur rencontre, et ensuite ils s'appliquent leurs pensées[3] l'un à l'autre en chantant.* – Voici le sujet de la scène. Un berger était attentif aux beautés d'un spectacle qui ne faisait que de commencer, lorsqu'il fut tiré de son attention par un bruit qu'il entendit à ses côtés. Il se retourne et voit un brutal[4] qui, de paroles insolentes, maltraitait une bergère. D'abord[5] il prend les intérêts d'un sexe[6] à qui tous les hommes doivent hommage ; et, après avoir donné au brutal le châtiment de son insolence, il vient à la bergère et voit une jeune personne qui, des deux plus beaux yeux qu'il eût jamais vus, versait des larmes, qu'il trouva les plus belles du monde. « Hélas ! dit-il en lui-même, est-on capable d'outrager une personne si aimable ? Et quel humain, quel barbare ne serait touché par de telles larmes ? »

1. **Opéra** : toute œuvre de théâtre mise en musique (églogue, tragédie, comédie). Le sens est alors plus large qu'aujourd'hui.
2. **Impromptu** : improvisé.
3. **S'appliquent leurs pensées** : se disent ce qu'ils pensent.
4. **Un brutal** : un personnage grossier, mal élevé.
5. **D'abord** : aussitôt.
6. **Un sexe** : le sexe féminin, c'est-à-dire les femmes.

● **Les vers libres, ou irréguliers, n'ont pas le même nombre de syllabes. La mode a été lancée dans les années 1650. Molière, mais aussi Corneille ou La Fontaine, les utilisent parfois.**

Il prend soin de les arrêter, ces larmes qu'il trouve si belles ; et l'aimable bergère prend soin en même temps de le remercier de son léger service, mais d'une manière si charmante, si tendre et si passionnée, que le berger n'y peut résister, et chaque mot, chaque regard, est un trait plein de flamme dont son cœur se sent pénétré. « Est-il, disait-il, quelque chose qui puisse mériter les aimables paroles d'un tel remerciement ? Et que ne voudrait-on pas faire, à quels services, à quels dangers ne serait-on pas ravi de courir, pour s'attirer un seul moment des touchantes douceurs d'une âme si reconnaissante ? » Tout le spectacle passe sans qu'il y donne aucune attention ; mais il se plaint qu'il est trop court, parce qu'en finissant il le sépare de son adorable[1] bergère ; et, de cette première vue, de ce premier moment, il emporte chez lui tout ce qu'un amour de plusieurs années peut avoir de plus violent. Le voilà aussitôt à sentir tous les maux de l'absence, et il est tourmenté de ne plus voir ce qu'il a si peu vu. Il fait tout ce qu'il peut pour se redonner cette vue[2], dont il conserve nuit et jour une si chère idée ; mais la grande contrainte où l'on tient sa bergère lui en ôte tous les moyens. La violence de sa passion le fait résoudre à demander en mariage l'adorable beauté sans laquelle il ne peut plus vivre, et il en obtient d'elle la permission par un billet qu'il a l'adresse de lui faire tenir. Mais dans le même temps on l'avertit que le père de cette belle a conclu son mariage avec un autre, et que tout se dispose pour en célébrer la cérémonie. Jugez quelle atteinte cruelle au cœur de ce triste berger ! Le voilà accablé d'une mortelle douleur. Il ne peut souffrir l'effroyable idée de voir tout ce qu'il aime entre les bras d'un autre, et son amour

1. **Adorable** : digne d'être adorée.
2. **Se redonner cette vue** : pouvoir la rencontrer à nouveau.

au désespoir lui fait trouver moyen de s'introduire dans la maison de sa bergère pour apprendre ses sentiments et savoir d'elle la destinée à laquelle il doit se résoudre. Il y rencontre les apprêts de tout ce qu'il craint ; il y voit venir l'indigne rival que le caprice d'un père oppose aux tendresses de son amour. Il le voit triomphant, ce rival ridicule, auprès de l'aimable bergère, ainsi qu'auprès d'une conquête qui lui est assurée ; et cette vue le remplit d'une colère dont il a peine à se rendre le maître. Il jette de douloureux regards sur celle qu'il adore, et son respect et la présence de son père l'empêchent de lui rien dire que des yeux[1]. Mais enfin il force toute contrainte et le transport de son amour[2] l'oblige à lui parler ainsi :

(Il chante.)

Belle Philis, c'est trop, c'est trop souffrir ;
Rompons ce dur silence, et m'ouvrez vos pensées.
Apprenez-moi ma destinée ;
Faut-il vivre ? faut-il mourir ?

ANGÉLIQUE, *répond en chantant.*

Vous me voyez, Tircis, triste et mélancolique
Aux apprêts de l'hymen[3] dont vous vous alarmez :
Je lève au ciel les yeux, je vous regarde, je soupire,
C'est vous en dire assez.

ARGAN. – Ouais, je ne croyais pas que ma fille fût si habile que de chanter ainsi à livre ouvert, sans hésiter.

CLÉANTE

Hélas ! belle Philis,
Se pourrait-il que l'amoureux Tircis

1. **L'empêchent [...] yeux** : l'obligent à ne s'exprimer que par le regard.
2. **Le transport de son amour** : sa violente passion.
3. **Hymen** : mariage.

Eût assez de bonheur
Pour avoir quelque place dans votre cœur ?

ANGÉLIQUE

Je ne m'en défends point dans cette peine extrême :
Oui, Tircis, je vous aime.

CLÉANTE

Ô parole pleine d'appas[1] *!*
Ai-je bien entendu, hélas !
Redites-la, Philis, que je n'en doute pas.

ANGÉLIQUE

Oui, Tircis, je vous aime.

CLÉANTE

De grâce, encor, Philis.

ANGÉLIQUE

Je vous aime.

CLÉANTE

Recommencez cent fois, ne vous en lassez pas.

ANGÉLIQUE

Je vous aime, je vous aime ;
Oui, Tircis, je vous aime.

CLÉANTE

Dieux, rois, qui sous vos pieds regardez tout le monde,
Pouvez-vous comparer votre bonheur au mien ?
Mais, Philis, une pensée
Vient troubler ce doux transport :
Un rival, un rival...

1. **Pleine d'appas** : prometteuse.

ANGÉLIQUE

Ah ! Je le hais plus que la mort,
Et sa présence, ainsi qu'à vous,
M'est un cruel supplice.

CLÉANTE

Mais un père à ses vœux vous veut assujettir[1].

ANGÉLIQUE

Plutôt, plutôt mourir
Que de jamais y consentir ;
Plutôt, plutôt mourir, plutôt mourir !

ARGAN. – Et que dit le père à tout cela ?

CLÉANTE. – Il ne dit rien.

ARGAN. – Voilà un sot père que ce père-là de souffrir toutes ces sottises-là sans rien dire !

CLÉANTE

Ah ! mon amour...

ARGAN. – Non, non, en voilà assez. Cette comédie-là est de fort mauvais exemple. Le berger Tircis est un impertinent, et la bergère Philis, une impudente[2] de parler de la sorte devant son père. Montrez-moi ce papier. Ah ! ah ! Où sont donc les paroles que vous avez dites ? Il n'y a là que de la musique écrite.

CLÉANTE. – Est-ce que vous ne savez pas, Monsieur, qu'on a trouvé depuis peu l'invention d'écrire les paroles avec les notes mêmes ?

ARGAN. – Fort bien. Je suis votre serviteur[3] Monsieur ; jusqu'au revoir. Nous nous serions bien passés de votre impertinent d'opéra.

CLÉANTE. – J'ai cru vous divertir.

ARGAN. – Les sottises ne divertissent point. Ah ! voici ma femme.

1. **Vous veut assujettir** : veut vous soumettre.
2. **Impudente** : insolente.
3. **Je suis votre serviteur** : formule pour prendre congé.

SCÈNE 6 – BÉLINE, ARGAN, TOINETTE, ANGÉLIQUE, MONSIEUR DIAFOIRUS, THOMAS DIAFOIRUS

ARGAN. – Mamour, voilà le fils de Monsieur Diafoirus.

THOMAS DIAFOIRUS, *commence un compliment qu'il avait étudié, et la mémoire lui manquant, il ne peut continuer.* – Madame, c'est avec justice que le Ciel vous a concédé le nom de belle-mère, puisque l'on voit sur votre visage...

BÉLINE. – Monsieur, je suis ravie d'être venue ici à propos pour avoir l'honneur de vous voir.

THOMAS DIAFOIRUS. – Puisque l'on voit sur votre visage... puisque l'on voit sur votre visage... Madame, vous m'avez interrompu dans le milieu de ma période[1], et cela m'a troublé la mémoire.

MONSIEUR DIAFOIRUS. – Thomas, réservez cela pour une autre fois.

ARGAN. – Je voudrais, ma mie, que vous eussiez été ici tantôt[2].

TOINETTE. – Ah ! Madame, vous avez bien perdu de n'avoir point été au second père, à la statue de Memnon et à la fleur nommée héliotrope.

ARGAN. – Allons, ma fille, touchez dans la main[3] de Monsieur et lui donnez votre foi comme à votre mari.

ANGÉLIQUE. – Mon père !

ARGAN. – Hé bien, mon père ! qu'est-ce que cela veut dire ?

ANGÉLIQUE. – De grâce, ne précipitez pas les choses. Donnez-nous au moins le temps de nous connaître et de voir naître en nous l'un pour l'autre cette inclination si nécessaire à composer une union parfaite.

1. **Période** : phrase longue et complexe.
2. **Tantôt** : il y a un instant.
3. **Touchez dans la main** : donnez la main en signe d'engagement.

THOMAS DIAFOIRUS. – Quant à moi, Mademoiselle, elle est déjà toute née en moi, et je n'ai pas besoin d'attendre davantage.

ANGÉLIQUE. – Si vous êtes si prompt, Monsieur, il n'en est pas de même de moi, et je vous avoue que votre mérite n'a pas encore fait assez d'impression dans mon âme.

ARGAN. – Oh ! bien, bien ; cela aura tout le loisir de se faire quand vous serez mariés ensemble.

ANGÉLIQUE. – Hé ! mon père, donnez-moi du temps, je vous prie. Le mariage est une chaîne où l'on ne doit jamais soumettre un cœur par force ; et, si Monsieur est honnête homme, il ne doit point vouloir accepter une personne qui serait à lui par contrainte.

THOMAS DIAFOIRUS. – *Nego consequentiam*[1], Mademoiselle, et je puis être honnête homme et vouloir bien vous accepter des mains de Monsieur votre père.

ANGÉLIQUE. – C'est un méchant moyen de se faire aimer de quelqu'un que de lui faire violence.

THOMAS DIAFOIRUS. – Nous lisons des anciens, Mademoiselle, que leur coutume était d'enlever par force de la maison des pères les filles qu'on menait marier, afin qu'il ne semblât pas que ce fût de leur consentement qu'elles convolaient dans les bras d'un homme.

ANGÉLIQUE. – Les anciens, Monsieur, sont les anciens, et nous sommes les gens de maintenant. Les grimaces ne sont point nécessaires dans notre siècle, et, quand un mariage nous plaît, nous savons fort bien y aller sans qu'on nous y traîne. Donnez-vous patience ; si vous m'aimez, Monsieur, vous devez vouloir tout ce que je veux.

1. ***Nego consequentiam*** : je conteste ce que vous déduisez de votre proposition.

THOMAS DIAFOIRUS. – Oui, Mademoiselle, jusqu'aux intérêts de mon amour exclusivement.

ANGÉLIQUE. – Mais la grande marque d'amour, c'est d'être soumis aux volontés de celle qu'on aime.

THOMAS DIAFOIRUS. – *Distinguo*[1], Mademoiselle : dans ce qui ne regarde point sa possession, *concedo*[2] ; mais dans ce qui la regarde, *nego*[3].

TOINETTE. – Vous avez beau raisonner. Monsieur est frais émoulu du collège, et il vous donnera toujours votre reste[4]. Pourquoi tant résister et refuser la gloire d'être attachée au corps de la Faculté ?

BÉLINE. – Elle a peut-être quelque inclination en tête.

ANGÉLIQUE. – Si j'en avais, Madame, elle serait telle que la raison et l'honnêteté pourraient me la permettre.

ARGAN. – Ouais ! je joue ici un plaisant personnage.

BÉLINE. – Si j'étais que de vous[5], mon fils, je ne la forcerais point à se marier, et je sais bien ce que je ferais.

ANGÉLIQUE. – Je sais, Madame, ce que vous voulez dire, et les bontés que vous avez pour moi, mais peut-être que vos conseils ne seront pas assez heureux pour être exécutés.

BÉLINE. – C'est que les filles bien sages et bien honnêtes, comme vous, se moquent d'être obéissantes et soumises aux volontés de leurs pères. Cela était bon autrefois.

1. ***Distinguo*** : j'établis une distinction.
2. ***Concedo*** : je suis d'accord, je l'admets.
3. ***Nego*** : je dis non.
4. **Il vous [...] reste** : il aura toujours le dernier mot.
5. **Si j'étais que de vous** : si j'étais à votre place.

Ces formules latines étaient utilisées dans les débats de la faculté de médecine. Leur apprentissage systématique faisait partie de l'enseignement.

Au XVIIe siècle, une fille est, selon la loi, entièrement soumise à son père, mais les mentalités évoluent et l'on admet aussi l'idée qu'un mariage puisse aussi se faire par amour, pourvu qu'il respecte les conventions.

ANGÉLIQUE. – Le devoir d'une fille a des bornes, Madame, et la raison et les lois ne l'étendent point à toutes sortes de choses.

BÉLINE. – C'est-à-dire que vos pensées ne sont que pour le mariage ; mais vous voulez choisir un époux à votre fantaisie.

ANGÉLIQUE. – Si mon père ne veut pas me donner un mari qui me plaise, je le conjurerai[1] au moins de ne me point forcer à en épouser un que je ne puisse aimer.

ARGAN. – Messieurs, je vous demande pardon de tout ceci.

ANGÉLIQUE. – Chacun a son but en se mariant. Pour moi, qui ne veux un mari que pour l'aimer véritablement, et qui prétends en faire tout l'attachement de ma vie, je vous avoue que j'y cherche quelque précaution. Il y en a d'aucunes qui prennent des maris seulement pour se tirer de la contrainte de leurs parents et se mettre en état de faire tout ce qu'elles voudront. Il y en a d'autres, Madame, qui font du mariage un commerce de pur intérêt ; qui ne se marient que pour gagner des douaires[2], que pour s'enrichir par la mort de ceux qu'elles épousent, et courent sans scrupule de mari en mari pour s'approprier leurs dépouilles. Ces personnes-là, à la vérité, n'y cherchent pas tant de façons et regardent peu à la personne.

BÉLINE. – Je vous trouve aujourd'hui bien raisonnante et je voudrais bien savoir ce que vous voulez dire par là.

ANGÉLIQUE. – Moi, Madame, que voudrais-je dire que ce que je dis ?

BÉLINE. – Vous êtes si sotte, ma mie, qu'on ne saurait plus vous souffrir.

ANGÉLIQUE. – Vous voudriez bien, Madame, m'obliger à vous répondre quelque impertinence, mais je vous avertis que vous n'aurez pas cet avantage.

1. **Conjurerai** : supplierai.
2. **Douaires** : somme d'argent donnée par un mari à sa femme au moment du mariage, pour assurer sa subsistance en cas de veuvage.

BÉLINE. – Il n'est rien d'égal à votre insolence.

ANGÉLIQUE. – Non, Madame, vous avez beau dire.

BÉLINE. – Et vous avez un ridicule orgueil, une impertinente présomption[1] qui fait hausser les épaules à tout le monde.

ANGÉLIQUE. – Tout cela, Madame, ne servira de rien. Je serai sage en dépit de vous ; et, pour vous ôter l'espérance de pouvoir réussir dans ce que vous voulez, je vais m'ôter de votre vue.

ARGAN. – Écoute, il n'y a point de milieu à cela. Choisis d'épouser dans quatre jours● ou Monsieur ou un couvent. *(À Béline.)* Ne vous mettez pas en peine, je la rangerai bien.

BÉLINE. – Je suis fâchée de vous quitter, mon fils, mais j'ai une affaire en ville dont je ne puis me dispenser. Je reviendrai bientôt.

ARGAN. – Allez, mamour, et passez chez votre notaire, afin qu'il expédie[2] ce que vous savez.

BÉLINE. – Adieu, mon petit ami.

ARGAN. – Adieu, ma mie. Voilà une femme qui m'aime... cela n'est pas croyable.

MONSIEUR DIAFOIRUS. – Nous allons, Monsieur, prendre congé de vous.

ARGAN. – Je vous prie, Monsieur, de me dire un peu comment je suis.

MONSIEUR DIAFOIRUS, *lui tâte le pouls.* – Allons, Thomas, prenez l'autre bras de Monsieur, pour voir si vous saurez porter un bon jugement de son pouls. *Quid dicis*[3] ?

THOMAS DIAFOIRUS. – *Dico*[4] que le pouls de Monsieur est le pouls d'un homme qui ne se porte point bien.

MONSIEUR DIAFOIRUS. – Bon.

THOMAS DIAFOIRUS. – Qu'il est *duriuscule*[5], pour ne pas dire dur.

1. **Impertinente présomption** : insolente prétention.
2. **Expédie** : achève.
3. ***Quid dicis ?*** : que dis-tu ?
4. ***Dico*** : je dis.
5. ***Duriuscule*** : un peu dur.

● **Dans quatre jours, Thomas Diafoirus sera médecin (*cf.* Acte II, scène 5).**

Diafoirus prend le pouls d'Argan,
vignette de Tony Johannot, 1835, Paris, Paulin éditeur.

MONSIEUR DIAFOIRUS. – Fort bien.

THOMAS DIAFOIRUS. – Repoussant[1].

MONSIEUR DIAFOIRUS. – *Bene.*

THOMAS DIAFOIRUS. – Et même un peu caprisant[2].

MONSIEUR DIAFOIRUS. – *Optime.*

THOMAS DIAFOIRUS. – Ce qui marque une intempérie[3] dans le parenchyme splénique[4], c'est-à-dire la rate.

MONSIEUR DIAFOIRUS. – Fort bien.

ARGAN. – Non, Monsieur Purgon dit que c'est mon foie qui est malade.

MONSIEUR DIAFOIRUS. – Eh ! oui ; qui dit parenchyme dit l'un et l'autre à cause de l'étroite sympathie qu'ils ont ensemble, par le moyen du *vas breve,* du *pylore*[5], et souvent des *méats cholidoques*[6]. Il vous ordonne sans doute de manger force rôti ?

ARGAN. – Non, rien que du bouilli.

MONSIEUR DIAFOIRUS. – Eh ! oui ; rôti, bouilli, même chose. Il vous ordonne[7] fort prudemment[8], et vous ne pouvez être en de meilleures mains.

ARGAN. – Monsieur, combien est-ce qu'il faut mettre de grains de sel dans un œuf ?

MONSIEUR DIAFOIRUS. – Six, huit, dix, par les nombres pairs, comme dans les médicaments par les nombres impairs●.

ARGAN. – Jusqu'au revoir, Monsieur.

1. **Repoussant** : qui bat fort.
2. **Caprisant** : irrégulier.
3. **Intempérie** : déséquilibre.
4. **Parenchyme splénique** : tissus de la rate.
5. ***Vas breve, pylore*** : vaisseaux qui déchargent la bile dans l'estomac.
6. ***Méats cholidoques*** : orifices qui laissent passer la bile.
7. **Ordonne** : prescrit par ordonnance.
8. **Prudemment** : sagement.

● **Molière dénonce ici les pratiques superstitieuses des médecins.**

SCÈNE 7 – BÉLINE, ARGAN

BÉLINE. – Je viens, mon fils, avant que de sortir, vous donner avis d'une chose à laquelle il faut que vous preniez garde. En passant par devant la chambre d'Angélique, j'ai vu un jeune homme avec elle, qui s'est sauvé d'abord qu'il m'a vue.

ARGAN. – Un jeune homme avec ma fille !

BÉLINE. – Oui. Votre petite fille Louison était avec eux, qui pourra vous en dire des nouvelles.

ARGAN. – Envoyez-la ici, mamour, envoyez-la ici. Ah ! l'effrontée ! Je ne m'étonne plus de sa résistance.

SCÈNE 8 – LOUISON, ARGAN

LOUISON. – Qu'est-ce que vous voulez, mon papa ? Ma belle-maman m'a dit que vous me demandez.

ARGAN. – Oui. Venez çà. Avancez là. Tournez-vous. Levez les yeux. Regardez-moi. Eh !

LOUISON. – Quoi, mon papa ?

ARGAN. – Là !

LOUISON. – Quoi ?

ARGAN. – N'avez-vous rien à me dire ?

LOUISON. – Je vous dirai, si vous voulez, pour vous désennuyer, le conte de *Peau d'âne*[1] ou bien la fable du *Corbeau et* du *Renard*[2]●, qu'on m'a apprise depuis peu.

1. ***Peau d'âne*** : il s'agit ici du conte populaire connu de tous les contemporains de Molière, que Perrault n'a pas encore recueilli et mis en vers.
2. ***Le Corbeau et le Renard*** : fable de La Fontaine, publiée en 1668.

● **Dans son traité *De l'éducation des filles*, publié en 1687, Fénelon recommande la lecture des « fables d'animaux » aux jeunes enfants.**

ARGAN. – Ce n'est pas là ce que je vous demande.

LOUISON. – Quoi donc ?

ARGAN. – Ah ! rusée, vous savez bien ce que je veux dire.

LOUISON. – Pardonnez-moi, mon papa.

ARGAN. – Est-ce là comme vous m'obéissez ?

LOUISON. – Quoi ?

ARGAN. – Ne vous ai-je pas recommandé de me venir dire d'abord tout ce que vous voyez ?

LOUISON. – Oui, mon papa.

ARGAN. – L'avez-vous fait ?

LOUISON. – Oui, mon papa. Je vous suis venue dire tout ce que j'ai vu.

ARGAN. – Et n'avez-vous rien vu aujourd'hui ?

LOUISON. – Non, mon papa.

ARGAN. – Non ?

LOUISON. – Non, mon papa.

ARGAN. – Assurément ?

LOUISON. – Assurément.

ARGAN. – Oh ! çà, je m'en vais vous faire voir quelque chose, moi. *(Il va prendre une poignée de verges[1].)*

LOUISON – Ah ! mon papa !

ARGAN. – Ah ! ah ! petite masque[2]●, vous ne me dites pas que vous avez vu un homme dans la chambre de votre sœur ?

LOUISON. – Mon papa !

ARGAN. – Voici qui vous apprendra à mentir.

1. **Verges** : baguettes, brindilles, faites pour frapper.
2. **Petite masque** : petite effrontée.

● **L'expression fait écho au carnaval qui se déroule au moment des premières représentations de la pièce, en février 1673.**

LOUISON, *se jette à genoux.* – Ah ! mon papa, je vous demande pardon. C'est que ma sœur m'avait dit de ne pas vous le dire, mais je m'en vais vous dire tout.

ARGAN. – Il faut premièrement que vous ayez le fouet pour avoir menti. Puis, après nous verrons au reste.

LOUISON. – Pardon, mon papa.

ARGAN. – Non, non.

LOUISON. – Mon pauvre papa, ne me donnez pas le fouet.

ARGAN. – Vous l'aurez.

LOUISON. – Au nom de Dieu, mon papa, que je ne l'aie pas.

ARGAN, *la prenant pour la fouetter.* – Allons, allons.

LOUISON. – Ah ! mon papa, vous m'avez blessée. Attendez, je suis morte.

(Elle contrefait la morte.)

ARGAN. – Holà ! Qu'est-ce là ? Louison, Louison ! Ah ! mon Dieu ! Louison ! Ah ! ma fille ! Ah ! malheureux, ma pauvre fille est morte. Qu'ai-je fait, misérable ? Ah ! chiennes de verges ! La peste soit des verges ! Ah ! ma pauvre fille, ma pauvre petite Louison.

LOUISON. – Là, là, mon papa, ne pleurez point tant ; je ne suis pas morte tout à fait.

ARGAN. – Voyez-vous la petite rusée ! Oh ! çà, çà, je vous pardonne pour cette fois-ci, pourvu que vous me disiez bien tout.

LOUISON. – Oh ! oui, mon papa.

ARGAN. – Prenez-y bien garde au moins, car voilà un petit doigt qui sait tout, qui me dira si vous mentez.

LOUISON. – Mais, mon papa, ne dites pas à ma sœur que je vous l'ai dit.

ARGAN. – Non, non.

LOUISON. – C'est, mon papa, qu'il est venu un homme dans la chambre de ma sœur comme j'y étais.

ARGAN. – Hé bien ?

LOUISON. – Je lui ai demandé ce qu'il demandait, et il m'a dit qu'il était son maître à chanter.

ARGAN. – Hom, hom ! Voilà l'affaire. Hé bien ?

LOUISON. – Ma sœur est venue après.

ARGAN. – Hé bien ?

LOUISON. – Elle lui a dit : « Sortez, sortez, sortez ! Mon Dieu, sortez, vous me mettez au désespoir. »

ARGAN. – Hé bien ?

LOUISON. – Et lui, il ne voulait pas sortir.

ARGAN. – Qu'est-ce qu'il lui disait ?

LOUISON. – Il lui disait je ne sais combien de choses.

ARGAN. – Et quoi encore ?

LOUISON. – Il lui disait tout ci, tout ça, qu'il l'aimait bien, et qu'elle était la plus belle du monde.

ARGAN. – Et puis après ?

LOUISON. – Et puis après il se mettait à genoux devant elle.

ARGAN. – Et puis après ?

LOUISON. – Et puis après, il lui baisait les mains.

ARGAN. – Et puis après ?

LOUISON. – Et puis après, ma belle-maman est venue à la porte, et il s'est enfui.

ARGAN. – Il n'y a point autre chose ?

LOUISON. – Non, mon papa.

ARGAN. – Voilà mon petit doigt pourtant qui gronde quelque chose. *(Il met son doigt à son oreille.)* Attendez. Eh ! Ah ! ah ! Oui ? Oh ! oh ! voilà mon petit doigt qui me dit quelque chose que vous avez vu, et que vous ne m'avez pas dit.

LOUISON. – Ah ! mon papa, votre petit doigt est un menteur.

ARGAN. – Prenez garde.

Argan et Louison, *illustration de Maurice Leloir, 1896, Émile Testard éditeur.*

LOUISON. – Non, mon papa, ne le croyez pas ; il ment, je vous assure.

ARGAN. – Oh ! bien, bien, nous verrons cela. Allez-vous-en, et prenez bien garde à tout, allez. Ah ! il n'y a plus d'enfants●. Ah ! que d'affaires ! je n'ai pas seulement le loisir de songer à ma maladie. En vérité, je n'en puis plus.

(Il se remet dans sa chaise.)

● **Cette réplique* d'Argan, très connue et souvent citée pour évoquer l'idée que les enfants perdent trop tôt leur fraîcheur et leur innocence, n'est sans doute pas de Molière lui-même. Elle n'apparaît en effet que dans l'édition de 1882, neuf ans après sa mort.**

SCÈNE 9 – BÉRALDE, ARGAN

BÉRALDE. – Hé bien, mon frère, qu'est-ce ? Comment vous portez-vous ?

ARGAN. – Ah ! mon frère, fort mal.

BÉRALDE. – Comment, « fort mal » ?

ARGAN. – Oui, je suis dans une faiblesse si grande que cela n'est pas croyable.

BÉRALDE. – Voilà qui est fâcheux.

ARGAN. – Je n'ai pas seulement la force de pouvoir parler.

BÉRALDE. – J'étais venu ici, mon frère, vous proposer un parti[1] pour ma nièce Angélique.

ARGAN, *parlant avec emportement, et se levant de sa chaise.* – Mon frère, ne me parlez point de cette coquine-là. C'est une friponne, une impertinente, une effrontée que je mettrai dans un couvent avant qu'il soit deux jours.

BÉRALDE. – Ah ! voilà qui est bien. Je suis bien aise que la force vous revienne un peu et que ma visite vous fasse du bien. Oh ! çà, nous parlerons d'affaires tantôt. Je vous amène ici un divertissement que j'ai rencontré, qui dissipera votre chagrin et vous rendra l'âme mieux disposée aux choses que nous avons à dire. Ce sont des Égyptiens[2] vêtus en Mores[3] qui font des danses mêlées de chansons où je suis sûr que vous prendrez plaisir, et cela vaudra bien une ordonnance de Monsieur Purgon. Allons.

1. **Un parti** : un mari.
2. **Égyptiens** : bohémiens.
3. **Mores** : habitants d'Afrique du Nord.

Deuxième intermède

Le frère du Malade imaginaire lui amène, pour le divertir, plusieurs Égyptiens et Égyptiennes vêtus en Mores, qui font des danses entremêlées de chansons.

PREMIÈRE FEMME MORE

Profitez du printemps
De vos beaux ans,
Aimable jeunesse.
Profitez du printemps
De vos beaux ans,
Donnez-vous à la tendresse.
Les plaisirs les plus charmants,
Sans l'amoureuse flamme[1],
Pour contenter une âme
N'ont point d'attraits assez puissants.
Profitez du printemps
De vos beaux ans,
Aimable jeunesse.
Profitez du printemps
De vos beaux ans,
Donnez-vous à la tendresse.
Ne perdez point ces précieux moments ;
La beauté passe,
Le temps l'efface,
L'âge de glace

1. **L'amoureuse flamme** : la passion amoureuse.

Vient à sa place,
Qui nous ôte le goût de ces doux passe-temps.
Profitez du printemps
De vos beaux ans,
Aimable jeunesse.
Profitez du printemps
De vos beaux ans,
Donnez-vous à la tendresse.

SECONDE FEMME MORE

Quand d'aimer on nous presse,
À quoi songez-vous ?
Nos cœurs, dans la jeunesse,
N'ont vers la tendresse
Qu'un penchant trop doux.
L'amour a, pour nous prendre,
De si doux attraits
Que de soi[1]*, sans attendre,*
On voudrait se rendre
À ses premiers traits[2]*,*
Mais tout ce qu'on écoute
Des vives douleurs
Et des pleurs
Qu'il nous coûte
Fait qu'on en redoute
Toutes les douceurs.

1. **De soi** : de façon spontanée.
2. **Traits** : flèches. Dans la mythologie grecque et latine, le dieu de l'amour, Éros-Cupidon, est représenté comme un jeune enfant avec un arc et ses flèches.

TROISIÈME FEMME MORE

Il est doux, à notre âge,
D'aimer tendrement
Un amant
Qui s'engage ;
Mais, s'il est volage[1]*,*
Hélas ! quel tourment !

QUATRIÈME FEMME MORE

L'amant qui se dégage[2]
N'est pas le malheur :
La douleur
Et la rage,
C'est que le volage
Garde notre cœur.

SECONDE FEMME MORE

Quel parti faut-il prendre
Pour nos jeunes cœurs ?

QUATRIÈME FEMME MORE

Devons-nous nous y rendre
Malgré ses rigueurs ?

1. **Volage** : infidèle.
2. **Qui se dégage** : qui rompt.

ENSEMBLE

Oui, suivons ses ardeurs,
Ses transports, ses caprices,
Ses douces langueurs[1] *;*
S'il a quelques supplices,
Il a cent délices
Qui charment les cœurs.

ENTRÉE DE BALLET

Tous les Mores dansent ensemble et font sauter des singes qu'ils ont amenés avec eux.

Fin du Deuxième intermède, *cul de lampe de Maurice Leloir, 1896, Émile Testard éditeur.*

1. **Langueurs** : manifestations d'une mélancolie douce et rêveuse.

Acte III

SCÈNE 1 – BÉRALDE, ARGAN, TOINETTE

BÉRALDE. – Hé bien ! mon frère, qu'en dites-vous ? cela ne vaut-il pas une prise[1] de casse[2] ?

TOINETTE. – Hom ! de bonne casse est bonne[3].

BÉRALDE. – Oh çà ! voulez-vous que nous parlions un peu ensemble ?

ARGAN. – Un peu de patience, mon frère, je vais revenir.

TOINETTE. – Tenez, Monsieur, vous ne songez pas que vous ne sauriez marcher sans bâton.

ARGAN. – Tu as raison.

SCÈNE 2 – BÉRALDE, TOINETTE

TOINETTE. – N'abandonnez pas, s'il vous plaît, les intérêts de votre nièce.

BÉRALDE. – J'emploierai toutes choses pour lui obtenir ce qu'elle souhaite.

TOINETTE. – Il faut absolument empêcher ce mariage extravagant qu'il s'est mis dans la fantaisie[4], et j'avais songé en moi-même que ç'aurait été une bonne affaire de pouvoir introduire ici un

1. **Prise** : dose à prendre en une fois.
2. **Casse** : remède pour purger.
3. **De bonne casse est bonne** : de la bonne casse est une bonne chose.
4. **Il s'est mis dans la fantaisie** : il s'est mis dans l'esprit.

médecin à notre poste[1] pour le dégoûter de son Monsieur Purgon, et lui décrier sa conduite. Mais, comme nous n'avons personne en main pour cela, j'ai résolu de jouer un tour de ma tête.

BÉRALDE. – Comment ?

TOINETTE. – C'est une imagination burlesque. Cela sera peut-être plus heureux que sage. Laissez-moi faire ; agissez de votre côté. Voici notre homme.

SCÈNE 3 – ARGAN, BÉRALDE

BÉRALDE. – Vous voulez bien, mon frère, que je vous demande, avant toute chose, de ne vous point échauffer l'esprit[2] dans notre conversation.

ARGAN. – Voilà qui est fait.

BÉRALDE. – De répondre sans nulle aigreur aux choses que je pourrai vous dire.

ARGAN. – Oui.

BÉRALDE. – Et de raisonner ensemble, sur les affaires dont nous avons à parler, avec un esprit détaché de toute passion.

ARGAN. – Mon Dieu, oui. Voilà bien du préambule[3].

BÉRALDE. – D'où vient, mon frère, qu'ayant le bien que vous avez, et n'ayant d'enfants qu'une fille, car je ne compte pas la petite, d'où vient, dis-je, que vous parlez de la mettre dans un couvent ?

ARGAN. – D'où vient, mon frère, que je suis maître dans ma famille pour faire ce que bon me semble ?

1. **À notre poste** : à notre convenance.
2. **Échauffer l'esprit** : mettre en colère.
3. **Voilà bien du préambule** : voilà une introduction, une entrée en matière bien longue.

BÉRALDE. – Votre femme ne manque pas de vous conseiller de vous défaire[1] ainsi de vos deux filles, et je ne doute point que, par un esprit de charité, elle ne fût ravie de les voir toutes deux bonnes religieuses.

ARGAN. – Oh çà ! nous y voici. Voilà d'abord la pauvre femme en jeu[2] : c'est elle qui fait tout le mal, et tout le monde lui en veut.

BÉRALDE. – Non, mon frère ; laissons-la là. C'est une femme qui a les meilleures intentions du monde pour votre famille, et qui est détachée de toute sorte d'intérêt ; qui a pour vous une tendresse merveilleuse, et qui montre pour vos enfants une affection et une bonté qui n'est pas concevable ; cela est certain. N'en parlons point, et revenons à votre fille. Sur quelle pensée, mon frère, la voulez-vous donner en mariage au fils d'un médecin ?

ARGAN. – Sur la pensée, mon frère, de me donner un gendre tel qu'il me faut.

BÉRALDE. – Ce n'est point là, mon frère, le fait de votre fille[3], et il se présente un parti plus sortable[4] pour elle.

ARGAN. – Oui, mais celui-ci, mon frère, est plus sortable pour moi.

BÉRALDE. – Mais le mari qu'elle doit prendre doit-il être, mon frère, ou pour elle, ou pour vous ?

ARGAN. – Il doit être, mon frère, et pour elle et pour moi, et je veux mettre dans ma famille les gens dont j'ai besoin.

BÉRALDE. – Par cette raison-là, si votre petite était grande, vous lui donneriez en mariage un apothicaire.

ARGAN. – Pourquoi non ?

1. **Défaire** : débarrasser.
2. **En jeu** : mise en cause.
3. **Le fait de votre fille** : ce qui convient à votre fille.
4. **Plus sortable** : qui convient mieux.

BÉRALDE. – Est-il possible que vous serez toujours embéguiné de[1] vos apothicaires et de vos médecins, et que vous vouliez être malade en dépit des gens et de la nature ?

ARGAN. – Comment l'entendez-vous, mon frère ?

BÉRALDE. – J'entends, mon frère, que je ne vois point d'homme qui soit moins malade que vous, et que je ne demanderais point une meilleure constitution que la vôtre. Une grande marque que vous vous portez bien et que vous avez un corps parfaitement bien composé, c'est qu'avec tous les soins que vous avez pris, vous n'avez pu parvenir encore à gâter la bonté de votre tempérament[2], et que vous n'êtes point crevé[3] de toutes les médecines qu'on vous a fait prendre.

ARGAN. – Mais savez-vous, mon frère, que c'est cela qui me conserve, et que Monsieur Purgon dit que je succomberais s'il était seulement trois jours sans prendre soin de moi ?

BÉRALDE. – Si vous n'y prenez garde, il prendra tant de soin de vous qu'il vous enverra en l'autre monde.

ARGAN. – Mais raisonnons un peu, mon frère. Vous ne croyez donc point à la médecine● ?

BÉRALDE. – Non, mon frère, et je ne vois pas que, pour son salut, il soit nécessaire d'y croire.

ARGAN. – Quoi ! vous ne tenez pas véritable une chose établie par tout le monde, et que tous les siècles ont révérée ?

BÉRALDE. – Bien loin de la tenir véritable, je la trouve, entre nous, une des plus grandes folies qui soit parmi les hommes, et, à regarder les choses en philosophe, je ne vois point de plus

1. **Embéguiné de** : entiché de, séduit par.
2. **La bonté de votre tempérament** : votre bonne santé.
3. **Crevé** : mort.

● **Pour Molière, la médecine n'est pas une science mais plutôt une sorte de superstition pour gens crédules.**

plaisante mômerie[1] ; je ne vois rien de plus ridicule qu'un homme qui se veut mêler d'en guérir un autre.

ARGAN. – Pourquoi ne voulez-vous pas, mon frère, qu'un homme en puisse guérir un autre ?

BÉRALDE. – Par la raison, mon frère, que les ressorts de notre machine[2] sont des mystères, jusques ici, où les hommes ne voient goutte, et que la nature nous a mis au-devant des yeux des voiles trop épais pour y connaître quelque chose.

ARGAN. – Les médecins ne savent donc rien, à votre compte ?

BÉRALDE. – Si fait, mon frère. Ils savent la plupart de fort belles humanités[3], savent parler en beau latin, savent nommer en grec toutes les maladies, les définir et les diviser ; mais, pour ce qui est de les guérir, c'est ce qu'ils ne savent point du tout.

ARGAN. – Mais toujours faut-il demeurer d'accord que sur cette matière les médecins en savent plus que les autres.

BÉRALDE. – Ils savent, mon frère, ce que je vous ai dit, qui ne guérit pas de grand-chose, et toute l'excellence de leur art consiste en un pompeux galimatias[4], en un spécieux babil[5], qui vous donne des mots pour des raisons et des promesses pour des effets.

ARGAN. – Mais enfin, mon frère, il y a des gens aussi sages et aussi habiles que vous ; et nous voyons que dans la maladie tout le monde a recours aux médecins.

BÉRALDE. – C'est une marque de la faiblesse humaine, et non pas de la vérité de leur art.

1. **Mômerie** : mascarade, comédie.
2. **Notre machine** : notre corps humain.
3. **Ils savent la plupart de fort belles humanités** : ils connaissent presque tous très bien le latin et le grec.
4. **Galimatias** : discours prétentieux.
5. **Spécieux babil** : bavardage qui n'a qu'une apparence de vérité, sans valeur.

ARGAN. – Mais il faut bien que les médecins croient leur art véritable, puisqu'ils s'en servent pour eux-mêmes.

BÉRALDE. – C'est qu'il y en a parmi eux qui sont eux-mêmes dans l'erreur populaire, dont ils profitent, et d'autres qui en profitent sans y être. Votre Monsieur Purgon, par exemple, n'y sait point de finesse[1] ; c'est un homme tout médecin, depuis la tête jusqu'aux pieds ; un homme qui croit à ses règles plus qu'à toutes les démonstrations des mathématiques, et qui croirait du crime à les vouloir examiner ; qui ne voit rien d'obscur dans la médecine, rien de douteux, rien de difficile, et qui, avec une impétuosité de prévention, une raideur de confiance[2], une brutalité de sens commun et de raison, donne au travers des purgations et des saignées, et ne balance aucune chose. Il ne lui faut point vouloir mal de tout ce qu'il pourra vous faire ; c'est de la meilleure foi du monde qu'il vous expédiera, et il ne fera, en vous tuant, que ce qu'il a fait à sa femme et à ses enfants, et ce qu'en un besoin il ferait à lui-même.

ARGAN. – C'est que vous avez, mon frère, une dent de lait contre lui[3]. Mais, enfin, venons au fait. Que faire donc quand on est malade ?

BÉRALDE. – Rien, mon frère.

ARGAN. – Rien ?

BÉRALDE. – Rien. Il ne faut que demeurer en repos. La nature, d'elle-même, quand nous la laissons faire, se tire doucement du désordre où elle est tombée. C'est notre inquiétude, c'est notre impatience qui gâte tout, et presque tous les hommes meurent de leurs remèdes, et non pas de leurs maladies.

1. **N'y sait point de finesse** : n'agit pas par volonté de tromper.
2. **Une impétuosité [...] confiance** : une confiance absolue.
3. **Vous avez une dent de lait contre lui** : vous le haïssez depuis longtemps.

ARGAN. – Mais il faut demeurer d'accord, mon frère, qu'on peut aider cette nature par de certaines choses.

BÉRALDE. – Mon Dieu, mon frère, ce sont pures idées dont nous aimons à nous repaître, et de tout temps il s'est glissé parmi les hommes de belles imaginations que nous venons à croire, parce qu'elles nous flattent, et qu'il serait à souhaiter qu'elles fussent véritables. Lorsqu'un médecin vous parle d'aider, de secourir, de soulager la nature, de lui ôter ce qui lui nuit et lui donner ce qui lui manque, de la rétablir et de la remettre dans une pleine facilité de ses fonctions ; lorsqu'il vous parle de rectifier[1] le sang, de tempérer[2] les entrailles et le cerveau, de dégonfler la rate, de raccommoder la poitrine, de réparer le foie, de fortifier le cœur, de rétablir et conserver la chaleur naturelle, et d'avoir des secrets pour étendre la vie à de longues années, il vous dit justement le roman de la médecine●. Mais, quand vous en venez à la vérité et à l'expérience, vous ne trouvez rien de tout cela, et il en est comme de ces beaux songes qui ne vous laissent au réveil que le déplaisir de les avoir crus.

ARGAN. – C'est-à-dire que toute la science du monde est renfermée dans votre tête, et vous voulez en savoir plus que tous les grands médecins de notre siècle.

BÉRALDE. – Dans les discours et dans les choses, ce sont deux sortes de personnes que vos grands médecins. Entendez-les parler : les plus habiles du monde. Voyez-les faire : les plus ignorants de tous les hommes.

1. **Rectifier** : purifier.
2. **Tempérer** : rafraîchir.

● **Cette expression est encore, pour Molière, une façon de dire que la médecine n'est pas une science et que les médecins sont des charlatans.**

ARGAN. – Ouais ! Vous êtes un grand docteur, à ce que je vois, et je voudrais bien qu'il y eût ici quelqu'un de ces Messieurs pour rembarrer[1] vos raisonnements et rabaisser votre caquet.

BÉRALDE. – Moi, mon frère, je ne prends point à tâche de combattre la médecine, et chacun, à ses périls et fortune, peut croire tout ce qu'il lui plaît. Ce que j'en dis n'est qu'entre nous, et j'aurais souhaité de pouvoir un peu vous tirer de l'erreur où vous êtes, et, pour vous divertir, vous mener voir, sur ce chapitre, quelqu'une des comédies de Molière.

ARGAN. – C'est un bon impertinent que votre Molière avec ses comédies, et je le trouve bien plaisant d'aller jouer[2] d'honnêtes gens comme les médecins.

BÉRALDE. – Ce ne sont point les médecins qu'il joue, mais le ridicule de la médecine.

ARGAN. – C'est bien à lui à faire de se mêler de contrôler la médecine ! Voilà un bon nigaud, un bon impertinent, de se moquer des consultations et des ordonnances, de s'attaquer au corps des médecins, et d'aller mettre sur son théâtre des personnes vénérables comme ces Messieurs-là.

BÉRALDE. – Que voulez-vous qu'il y mette, que les diverses professions des hommes ? On y met bien tous les jours les princes et les rois, qui sont d'aussi bonne maison que les médecins.

ARGAN. – Par la mort nom de diable ! si j'étais que[3] des médecins, je me vengerais de son impertinence, et, quand il sera malade, je le laisserais mourir sans secours. Il aurait beau faire et beau dire, je ne lui ordonnerais pas la moindre petite saignée, le

1. **Rembarrer** : repousser, rejeter.
2. **Jouer** : tourner en ridicule.
3. **Si j'étais que** : si j'étais à la place de.

moindre petit lavement, et je lui dirais : « Crève, crève, cela t'apprendra une autre fois à te jouer à la Faculté. »

BÉRALDE. – Vous voilà bien en colère contre lui.

ARGAN. – Oui, c'est un malavisé et, si les médecins sont sages, ils feront ce que je dis.

BÉRALDE. – Il sera encore plus sage que vos médecins, car il ne leur demandera point de secours.

ARGAN. – Tant pis pour lui, s'il n'a point recours aux remèdes.

BÉRALDE. – Il a ses raisons pour n'en point vouloir, et il soutient que cela n'est permis qu'aux gens vigoureux et robustes et qui ont des forces de reste pour porter[1] les remèdes avec la maladie ; mais que, pour lui, il n'a justement de la force que pour porter son mal.

ARGAN. – Les sottes raisons que voilà ! Tenez, mon frère, ne parlons point de cet homme-là davantage, car cela m'échauffe la bile, et vous me donneriez mon mal.

BÉRALDE. – Je le veux bien, mon frère, et, pour changer de discours, je vous dirai que, sur une petite répugnance que vous témoigne votre fille, vous ne devez point prendre les résolutions violentes de la mettre dans un couvent ; que, pour le choix d'un gendre, il ne vous faut pas suivre aveuglément la passion qui vous emporte, et qu'on doit, sur cette matière, s'accommoder un peu à l'inclination d'une fille, puisque c'est pour toute la vie, et que de là dépend tout le bonheur d'un mariage.

1. Porter : supporter.

SCÈNE 4 – MONSIEUR FLEURANT, *une seringue à la main*, ARGAN, BÉRALDE

ARGAN. – Ah ! mon frère, avec votre permission.

BÉRALDE. – Comment ! que voulez-vous faire ?

ARGAN. – Prendre ce petit lavement-là, ce sera bientôt fait.

BÉRALDE. – Vous vous moquez. Est-ce que vous ne sauriez être un moment sans lavement ou sans médecine ? Remettez cela à une autre fois, et demeurez un peu en repos.

ARGAN. – Monsieur Fleurant, à ce soir ou à demain au matin.

MONSIEUR FLEURANT, *à Béralde*. – De quoi vous mêlez-vous de vous opposer aux ordonnances de la médecine et d'empêcher Monsieur de prendre mon clystère ? Vous êtes bien plaisant d'avoir cette hardiesse-là !

BÉRALDE. – Allez, Monsieur ; on voit bien que vous n'avez pas accoutumé de parler à des visages•.

MONSIEUR FLEURANT. – On ne doit point ainsi se jouer des remèdes et me faire perdre mon temps. Je ne suis venu ici que sur une bonne ordonnance, et je vais dire à Monsieur Purgon comme on m'a empêché d'exécuter ses ordres et de faire ma fonction. Vous verrez, vous verrez...

ARGAN. – Mon frère, vous serez cause ici de quelque malheur.

BÉRALDE. – Le grand malheur de ne pas prendre un lavement que Monsieur Purgon a ordonné ! Encore un coup, mon frère, est-il possible qu'il n'y ait pas moyen de vous guérir de la maladie des médecins, et que vous vouliez être toute votre vie enseveli dans leurs remèdes ?

• **Plaisanterie grossière, caractéristique de la farce, qui fait écho à toutes les allusions aux dérangements intestinaux supposés d'Argan dans la pièce.**

ARGAN. – Mon Dieu, mon frère, vous en parlez comme un homme qui se porte bien ; mais, si vous étiez à ma place, vous changeriez bien de langage. Il est aisé de parler contre la médecine quand on est en pleine santé.

BÉRALDE. – Mais quel mal avez-vous ?

ARGAN. – Vous me feriez enrager. Je voudrais que vous l'eussiez, mon mal, pour voir si vous jaseriez tant. Ah ! voici Monsieur Purgon.

Purgon et son clystère, *Acte III, scène 4, vignette de Tony Johannot, 1835.*

SCÈNE 5 – MONSIEUR PURGON, ARGAN, BÉRALDE, TOINETTE

MONSIEUR PURGON. – Je viens d'apprendre là-bas, à la porte, de jolies nouvelles : qu'on se moque ici de mes ordonnances, et qu'on a fait refus de prendre le remède que j'avais prescrit.

ARGAN. – Monsieur, ce n'est pas...

MONSIEUR PURGON. – Voilà une hardiesse bien grande, une étrange rébellion d'un malade contre son médecin.

TOINETTE. – Cela est épouvantable.

MONSIEUR PURGON. – Un clystère que j'avais pris plaisir à composer moi-même.

ARGAN. – Ce n'est pas moi.

MONSIEUR PURGON. – Inventé et formé dans toutes les règles de l'art.

TOINETTE. – Il a tort.

MONSIEUR PURGON. – Et qui devait faire dans les entrailles un effet merveilleux.

ARGAN. – Mon frère...

MONSIEUR PURGON. – Le renvoyer avec mépris !

ARGAN. – C'est lui...

MONSIEUR PURGON. – C'est une action exorbitante[1].

TOINETTE. – Cela est vrai.

MONSIEUR PURGON. – Un attentat énorme contre la médecine.

ARGAN. – Il est cause...

MONSIEUR PURGON. – Un crime de lèse-Faculté● qui ne se peut assez punir.

1. **Exorbitante** : qui se place au-delà des limites du droit.

● **Jeu de mot fabriqué à partir de l'expression « crime de lèse-Majesté » ou atteinte grave portée contre le roi.**

TOINETTE. – Vous avez raison.

MONSIEUR PURGON. – Je vous déclare que je romps commerce avec vous.

ARGAN. – C'est mon frère...

MONSIEUR PURGON. – Que je ne veux plus d'alliance avec vous.

TOINETTE. – Vous ferez bien.

MONSIEUR PURGON. – Et que, pour finir toute liaison avec vous, voilà la donation que je faisais à mon neveu en faveur du mariage. *(Il déchire violemment la donation.)*

ARGAN. – C'est mon frère qui a fait tout le mal.

MONSIEUR PURGON. – Mépriser mon clystère !

ARGAN. – Faites-le venir, je m'en vais le prendre.

MONSIEUR PURGON. – Je vous aurais tiré d'affaire avant qu'il fût peu.

TOINETTE. – Il ne le mérite pas.

MONSIEUR PURGON. – J'allais nettoyer votre corps et en évacuer entièrement les mauvaises humeurs[1].

ARGAN. – Ah ! mon frère !

MONSIEUR PURGON. – Et je ne voulais plus qu'une douzaine de médecines pour vider le fond du sac.

TOINETTE. – Il est indigne de vos soins.

MONSIEUR PURGON. – Mais, puisque vous n'avez pas voulu guérir par mes mains...

ARGAN. – Ce n'est pas ma faute.

MONSIEUR PURGON. – Puisque vous vous êtes soustrait de l'obéissance que l'on doit à son médecin...

TOINETTE. – Cela crie vengeance.

1. **Humeurs** : ce terme désigne, dans la médecine du XVIIe siècle, les quatre liquides irriguant le corps (voir enquête, p 172-173).

MONSIEUR PURGON. – Puisque vous vous êtes déclaré rebelle aux remèdes que je vous ordonnais...

ARGAN. – Hé ! point du tout.

MONSIEUR PURGON. – J'ai à vous dire que je vous abandonne à votre mauvaise constitution, à l'intempérie[1] de vos entrailles, à la corruption[2] de votre sang, à l'âcreté de votre bile et à la féculence[3] de vos humeurs.

TOINETTE. – C'est fort bien fait.

ARGAN. – Mon Dieu !

MONSIEUR PURGON. – Et je veux qu'avant qu'il soit quatre jours vous deveniez dans un état incurable.

ARGAN. – Ah ! miséricorde !

MONSIEUR PURGON. – Que vous tombiez dans la bradypepsie[4].

ARGAN. – Monsieur Purgon !

MONSIEUR PURGON. – De la bradypepsie dans la dyspepsie[5].

ARGAN. – Monsieur Purgon !

MONSIEUR PURGON. – De la dyspepsie dans l'apepsie[6].

ARGAN. – Monsieur Purgon !

MONSIEUR PURGON. – De l'apepsie dans la lienterie[7].

ARGAN. – Monsieur Purgon !

MONSIEUR PURGON. – De la lienterie dans la dysenterie[8].

ARGAN. – Monsieur Purgon !

MONSIEUR PURGON. – De la dysenterie dans l'hydropisie[9]●.

1 **Intempérie** : mauvais fonctionnement.
2. **Corruption** : décomposition.
3. **Féculence** : impureté.
4. **Bradypepsie** : difficulté de digestion.
5. **Dyspepsie** : perturbation de la digestion.
6. **Apepsie** : impossibilité de digérer.
7. **Lienterie** : diarrhée.
8. **Dysenterie** : maladie infectieuse grave caractérisée par de fortes diarrhées (voir dossier).
9. **Hydropisie** : accumulation anormale de liquide dans l'abdomen.

● **Tous ces termes étaient présents dans les traités médicaux de l'époque.**

ARGAN. – Monsieur Purgon !

MONSIEUR PURGON. – Et de l'hydropisie dans la privation de la vie, où vous aura conduit votre folie.

SCÈNE 6 – ARGAN, BÉRALDE

ARGAN. – Ah ! mon Dieu, je suis mort. Mon frère, vous m'avez perdu.

BÉRALDE. – Quoi ? qu'y a-t-il ?

ARGAN. – Je n'en puis plus. Je sens déjà que la médecine se venge.

BÉRALDE. – Ma foi, mon frère, vous êtes fou, et je ne voudrais pas, pour beaucoup de choses, qu'on vous vît faire ce que vous faites. Tâtez-vous un peu, je vous prie ; revenez à vous-même et ne donnez point tant à votre imagination.

ARGAN. – Vous voyez, mon frère, les étranges maladies dont il m'a menacé.

BÉRALDE. – Le simple homme que vous êtes !

ARGAN. – Il dit que je deviendrai incurable avant qu'il soit quatre jours.

BÉRALDE. – Et ce qu'il dit, que fait-il à la chose ? Est-ce un oracle qui a parlé ? Il me semble, à vous entendre, que Monsieur Purgon tienne dans ses mains le filet de vos jours[1], et que, d'autorité suprême, il vous l'allonge et vous le raccourcisse comme il lui plaît. Songez que les principes de votre vie sont en vous-même, et que le courroux de Monsieur Purgon est aussi peu capable

1. **Le filet de vos jours :** le fil de vos jours. Allusion aux Parques, divinités de la mythologie grecque qui dévidaient puis coupaient le fil de la vie des hommes.

de vous faire mourir que ses remèdes de vous faire vivre. Voici une aventure, si vous voulez, à vous défaire des médecins ; ou, si vous êtes né à ne pouvoir vous en passer, il est aisé d'en avoir un autre avec lequel, mon frère, vous puissiez courir un peu moins de risque.

ARGAN. – Ah ! mon frère, il sait tout mon tempérament et la manière dont il faut me gouverner.

BÉRALDE. – Il faut vous avouer que vous êtes un homme d'une grande prévention[1], et que vous voyez les choses avec d'étranges yeux.

SCÈNE 7 – TOINETTE, ARGAN, BÉRALDE

TOINETTE. – Monsieur, voilà un médecin qui demande à vous voir.

ARGAN. – Et quel médecin ?

TOINETTE. – Un médecin de la médecine.

ARGAN. – Je te demande qui il est.

TOINETTE. – Je ne le connais pas ; mais il me ressemble comme deux gouttes d'eau, et, si je n'étais sûre que ma mère était honnête femme, je dirais que ce serait quelque petit frère qu'elle m'aurait donné depuis le trépas[2] de mon père.

ARGAN. – Fais-le venir.

BÉRALDE. – Vous êtes servi à souhait. Un médecin vous quitte, un autre se présente.

1. **D'une grande prévention** : rempli de préjugés.
2. **Le trépas** : la mort.

ARGAN. – J'ai bien peur que vous ne soyez cause de quelque malheur.

BÉRALDE. – Encore ! Vous en revenez toujours là.

ARGAN. – Voyez-vous, j'ai sur le cœur toutes ces maladies-là que je ne connais point, ces...

SCÈNE 8 – TOINETTE, *en médecin,* ARGAN, BÉRALDE

TOINETTE. – Monsieur, agréez que je vienne vous rendre visite et vous offrir mes petits services pour toutes les saignées et les purgations● dont vous aurez besoin.

ARGAN. – Monsieur, je vous suis fort obligé. Par ma foi, voilà Toinette elle-même.

TOINETTE. – Monsieur, je vous prie de m'excuser, j'ai oublié de donner une commission à mon valet, je reviens tout à l'heure[1].

ARGAN. – Eh ! ne diriez-vous pas que c'est effectivement Toinette ?

BÉRALDE. – Il est vrai que la ressemblance est tout à fait grande ; mais ce n'est pas la première fois qu'on a vu de ces sortes de choses, et les histoires ne sont pleines que de ces jeux de la nature.

ARGAN. – Pour moi, j'en suis surpris, et...

1. Tout à l'heure : tout de suite.

● **Ces deux méthodes, saigner et purger, étaient les plus largement pratiquées. Il s'agissait d'éliminer les liquides impurs. L'on faisait ainsi parfois courir de gros risques au malade (voir dossier).**

SCÈNE 9 – TOINETTE, ARGAN, BÉRALDE

TOINETTE *quitte son habit de médecin si promptement qu'il est difficile de croire que ce soit elle qui a paru en médecin.* – Que voulez-vous, Monsieur ?

ARGAN. – Comment ?

TOINETTE. – Ne m'avez-vous pas appelée ?

ARGAN. – Moi ? non.

TOINETTE. – Il faut donc que les oreilles m'aient corné[1].

ARGAN. – Demeure un peu ici pour voir comme ce médecin te ressemble.

TOINETTE, *en sortant.* – Oui, vraiment ! j'ai affaire là-bas, et je l'ai assez vu.

ARGAN. – Si je ne les voyais tous deux, je croirais que ce n'est qu'un.

BÉRALDE. – J'ai lu des choses surprenantes de ces sortes de ressemblances, et nous en avons vu, de notre temps, où tout le monde s'est trompé.

ARGAN. – Pour moi, j'aurais été trompé à celle-là, et j'aurais juré que c'est la même personne.

SCÈNE 10 – TOINETTE, *en médecin,* ARGAN, BÉRALDE

TOINETTE. – Monsieur, je vous demande pardon de tout mon cœur.

ARGAN. – Cela est admirable !

1. **Que les [...] corné** : que j'aie entendu des voix.

TOINETTE. – Vous ne trouverez pas mauvais, s'il vous plaît, la curiosité que j'ai eue de voir un illustre malade comme vous êtes, et votre réputation, qui s'étend partout, peut excuser la liberté que j'ai prise.

ARGAN. – Monsieur, je suis votre serviteur.

TOINETTE. – Je vois, Monsieur, que vous me regardez fixement. Quel âge croyez-vous bien que j'aie ?

ARGAN. – Je crois que tout au plus vous pouvez avoir vingt-six ou vingt-sept ans...

TOINETTE. – Ah ! ah ! ah ! ah ! ah ! J'en ai quatre-vingt-dix.

ARGAN. – Quatre-vingt-dix !

TOINETTE. – Oui. Vous voyez un effet des secrets de mon art, de me conserver ainsi frais et vigoureux.

ARGAN. – Par ma foi, voilà un beau jeune vieillard pour quatre-vingt-dix ans.

TOINETTE. – Je suis médecin passager[1], qui vais de ville en ville, de province en province, de royaume en royaume, pour chercher d'illustres matières à ma capacité[2], pour trouver des malades dignes de m'occuper, capables d'exercer les grands et beaux secrets que j'ai trouvés dans la médecine. Je dédaigne de m'amuser[3] à ce menu fatras de maladies ordinaires, à ces bagatelles de rhumatismes et de fluxions, à ces fiévrottes, à ces vapeurs et à ces migraines. Je veux des maladies d'importance : de bonnes fièvres continues avec des transports au cerveau, de bonnes fièvres pourprées[4] de bonnes pestes, de bonnes

1. **Passager** : itinérant.
2. **Illustres matières à ma capacité** : sujets dignes de mes compétences.
3. **M'amuser** : perdre mon temps.
4. **Fièvres pourprées** : rougeoles.

hydropisies[1] formées, de bonnes pleurésies[2] avec des inflammations de poitrine : c'est là que je me plais, c'est là que je triomphe. Et je voudrais, Monsieur, que vous eussiez toutes les maladies que je viens de dire, que vous fussiez abandonné de tous les médecins, désespéré, à l'agonie, pour vous montrer l'excellence de mes remèdes, et l'envie que j'aurais de vous rendre service.

ARGAN. – Je vous suis obligé, Monsieur, des bontés que vous avez pour moi.

TOINETTE. – Donnez-moi votre pouls●. Allons donc, que l'on batte comme il faut. Ah ! je vous ferai bien aller comme vous devez. Ouais ! ce pouls-là fait l'impertinent ; je vois bien que vous ne me connaissez pas encore. Qui est votre médecin ?

ARGAN. – Monsieur Purgon.

TOINETTE. – Cet homme-là n'est point écrit sur mes tablettes entre les grands médecins. De quoi dit-il que vous êtes malade ?

ARGAN. – Il dit que c'est du foie, et d'autres disent que c'est de la rate●.

TOINETTE. – Ce sont tous des ignorants. C'est du poumon que vous êtes malade.

ARGAN. – Du poumon ?

TOINETTE. – Oui. Que sentez-vous ?

ARGAN. – Je sens de temps en temps des douleurs de tête.

TOINETTE. – Justement, le poumon.

ARGAN. – Il me semble parfois que j'ai un voile devant les yeux.

TOINETTE. – Le poumon.

ARGAN. – J'ai quelquefois des maux de cœur.

1. **Hydropisie** : accumulation anormale de liquide dans l'abdomen.
2. **Pleurésie** : maladie du poumon.

● **Toinette commence sa consultation comme les Diafoirus, Acte II, scène 6.**

● **Allusion au diagnostic des Diafoirus, Acte II, scène 3.**

TOINETTE. – Le poumon.

ARGAN. – Je sens parfois des lassitudes par tous les membres.

TOINETTE. – Le poumon.

ARGAN. – Et quelquefois, il me prend des douleurs dans le ventre, comme si c'étaient des coliques.

TOINETTE. – Le poumon. Vous avez appétit à ce que vous mangez ?

ARGAN. – Oui, Monsieur.

TOINETTE. – Le poumon. Vous aimez à boire un peu de vin ?

ARGAN. – Oui, Monsieur.

TOINETTE. – Le poumon. Il vous prend un petit sommeil après le repas, et vous êtes bien aise de dormir ?

ARGAN. – Oui, Monsieur.

TOINETTE. – Le poumon, le poumon, vous dis-je. Que vous ordonne votre médecin pour votre nourriture ?

ARGAN. – Il m'ordonne du potage.

TOINETTE. – Ignorant !

ARGAN. – De la volaille.

TOINETTE. – Ignorant !

ARGAN. – Du veau.

TOINETTE. – Ignorant !

ARGAN. – Des bouillons.

TOINETTE. – Ignorant !

ARGAN. – Des œufs frais.

TOINETTE. – Ignorant !

ARGAN. – Et, le soir, de petits pruneaux pour lâcher le ventre.

TOINETTE. – Ignorant !

ARGAN. – Et surtout de boire mon vin fort trempé.

TOINETTE. – *Ignorantus, ignoranta, ignorantum*[1] ! Il faut boire votre vin pur ; et, pour épaissir votre sang qui est trop subtil, il faut manger de bon gros bœuf, de bon gros porc, de bon fromage de Hollande, du gruau et du riz, et des marrons et des oublies[2], pour coller et conglutiner[3]. Votre médecin est une bête. Je veux vous en envoyer un de ma main, et je viendrai vous voir de temps en temps, tandis que je serai en cette ville.

ARGAN. – Vous m'obligerez beaucoup.

TOINETTE. – Que diantre faites-vous de ce bras-là ?

ARGAN. – Comment ?

TOINETTE. – Voilà un bras que je me ferais couper tout à l'heure[4], si j'étais que de vous.

ARGAN. – Et pourquoi ?

TOINETTE. – Ne voyez-vous pas qu'il tire à soi toute la nourriture, et qu'il empêche ce côté-là de profiter ?

ARGAN. – Oui, mais j'ai besoin de mon bras.

TOINETTE. – Vous avez là aussi un œil droit que je me ferais crever, si j'étais en votre place.

ARGAN. – Crever un œil ?

TOINETTE. – Ne voyez-vous pas qu'il incommode l'autre et lui dérobe sa nourriture ? Croyez-moi, faites-vous-le crever au plus tôt, vous en verrez plus clair de l'œil gauche.

ARGAN. – Cela n'est pas pressé.

TOINETTE. – Adieu. Je suis fâché de vous quitter si tôt, mais il faut que je me trouve à une grande consultation qui se doit faire pour un homme qui mourut hier.

ARGAN. – Pour un homme qui mourut hier ?

1. ***Ignorantus, ignoranta, ignorantum*** : ignorant, dans un latin de fantaisie.
2. **Oublies** : sortes de gaufres.
3. **Conglutiner** : épaissir le sang.
4. **Tout à l'heure** : immédiatement.

TOINETTE. – Oui, pour aviser et voir ce qu'il aurait fallu lui faire pour le guérir. Jusqu'au revoir.

ARGAN. – Vous savez que les malades ne reconduisent point.

BÉRALDE. – Voilà un médecin qui paraît fort habile.

ARGAN. – Oui, mais il va un peu bien vite.

BÉRALDE. – Tous les grands médecins sont comme cela.

ARGAN. – Me couper un bras, me crever un œil, afin que l'autre se porte mieux ! J'aime bien mieux qu'il ne se porte pas si bien. La belle opération de me rendre borgne et manchot !

SCÈNE 11 – TOINETTE, ARGAN, BÉRALDE

TOINETTE. – Allons, allons, je suis votre servante[1]. Je n'ai pas envie de rire.

ARGAN. – Qu'est-ce que c'est ?

TOINETTE. – Votre médecin, ma foi, qui me voulait tâter le pouls.

ARGAN. – Voyez un peu, à l'âge de quatre-vingt-dix ans !

BÉRALDE. – Oh ! çà, mon frère, puisque voilà votre Monsieur Purgon brouillé avec vous, ne voulez-vous pas bien que je vous parle du parti qui s'offre pour ma nièce ?

ARGAN. – Non, mon frère, je veux la mettre dans un couvent, puisqu'elle s'est opposée à mes volontés. Je vois bien qu'il y a quelque amourette là-dessous, et j'ai découvert certaine entrevue secrète qu'on ne sait pas que j'ai découverte.

1. **Je suis votre servante** : formule pour prendre congé.

L'expression est amusante dans la bouche de Toinette qui est justement la servante d'Argan, au sens propre.

BÉRALDE. – Hé bien ! mon frère, quand il y aurait quelque petite inclination, cela serait-il si criminel, et rien peut-il vous offenser, quand tout ne va qu'à des choses honnêtes comme le mariage ?

ARGAN. – Quoi qu'il en soit, mon frère, elle sera religieuse ; c'est une chose résolue.

BÉRALDE. – Vous voulez faire plaisir à quelqu'un.

ARGAN. – Je vous entends. Vous en revenez toujours là, et ma femme vous tient au cœur.

BÉRALDE. – Hé bien, oui, mon frère, puisqu'il faut parler à cœur ouvert, c'est votre femme que je veux dire ; et non plus que l'entêtement de la médecine, je ne puis vous souffrir[1] l'entêtement où vous êtes pour elle, et voir que vous donniez tête baissée dans tous les pièges qu'elle vous tend.

TOINETTE. – Ah ! Monsieur, ne parlez point de Madame ; c'est une femme sur laquelle il n'y a rien à dire, une femme sans artifice[2], et qui aime monsieur, qui l'aime !... On ne peut pas dire cela.

ARGAN. – Demandez-lui un peu les caresses qu'elle me fait.

TOINETTE. – Cela est vrai.

ARGAN. – L'inquiétude que lui donne ma maladie.

TOINETTE. – Assurément.

ARGAN. – Et les soins et les peines qu'elle prend autour de moi.

TOINETTE. – Il est certain. Voulez-vous que je vous convainque et vous fasse voir tout à l'heure comme Madame aime Monsieur ? Monsieur, souffrez que je lui montre son bec jaune[3] et le tire d'erreur.

1. **Souffrir** : supporter.
2. **Sans artifice** : sans tromperie.
3. **Son bec jaune** : son erreur.

ARGAN. – Comment ?

TOINETTE. – Madame s'en va revenir. Mettez-vous tout étendu dans cette chaise, et contrefaites le mort. Vous verrez la douleur où elle sera quand je lui dirai la nouvelle.

ARGAN. – Je le veux bien.

TOINETTE. – Oui, mais ne la laissez pas longtemps dans le désespoir, car elle en pourrait bien mourir.

ARGAN. – Laisse-moi faire.

TOINETTE, *à Béralde.* – Cachez-vous, vous, dans ce coin-là.

ARGAN. – N'y a-t-il point quelque danger à contrefaire le mort ?

TOINETTE. – Non, non. Quel danger y aurait-il ? Étendez-vous là seulement. *(Bas.)* Il y aura plaisir à confondre votre frère. Voici Madame. Tenez-vous bien.

SCÈNE 12 – BÉLINE, TOINETTE, ARGAN, BÉRALDE

TOINETTE *s'écrie.* – Ah ! mon Dieu ! Ah ! malheur, quel étrange accident[1] !

BÉLINE. – Qu'est-ce, Toinette ?

TOINETTE. – Ah ! Madame !

BÉLINE. – Qu'y a-t-il ?

TOINETTE. – Votre mari est mort.

BÉLINE. – Mon mari est mort ?

TOINETTE. – Hélas ! oui. Le pauvre défunt est trépassé.

BÉLINE. – Assurément ?

TOINETTE. – Assurément. Personne ne sait encore cet accident-là, et je me suis trouvée ici toute seule. Il vient de passer entre mes bras. Tenez, le voilà tout de son long dans cette chaise.

1. **Accident** : événement.

BÉLINE. – Le Ciel en soit loué ! Me voilà délivrée d'un grand fardeau. Que tu es sotte, Toinette, de t'affliger de cette mort !

TOINETTE. – Je pensais, Madame, qu'il fallût pleurer.

BÉLINE. – Va, va, cela n'en vaut pas la peine. Quelle perte est-ce que la sienne, et de quoi servait-il sur la terre ? Un homme incommode à tout le monde, malpropre, dégoûtant, sans cesse un lavement ou une médecine dans le ventre, mouchant, toussant, crachant toujours, sans esprit, ennuyeux, de mauvaise humeur, fatiguant sans cesse les gens, et grondant jour et nuit servantes et valets.

TOINETTE. – Voilà une belle oraison funèbre[1].

BÉLINE. – Il faut, Toinette, que tu m'aides à exécuter mon dessein, et tu peux croire qu'en me servant ta récompense est sûre. Puisque, par bonheur, personne n'est encore averti de la chose, portons-le dans son lit, et tenons cette mort cachée jusqu'à ce que j'aie fait mon affaire. Il y a des papiers, il y a de l'argent, dont je me veux saisir, et il n'est pas juste que j'aie passé sans fruit auprès de lui mes plus belles années. Viens, Toinette ; prenons auparavant toutes ses clefs.

ARGAN, *se levant brusquement*. – Doucement.

BÉLINE, *surprise et épouvantée*. – Aïe !

ARGAN. – Oui, Madame ma femme, c'est ainsi que vous m'aimez ?

TOINETTE. – Ah ! ah ! le défunt n'est pas mort.

ARGAN, *à Béline, qui sort*. – Je suis bien aise de voir votre amitié[2] et d'avoir entendu le beau panégyrique[3] que vous avez fait de moi. Voilà un avis au lecteur qui me rendra sage à l'avenir, et qui m'empêchera de faire bien des choses.

1. **Oraison funèbre** : discours prononcé en l'honneur d'un mort.
2. **Amitié** : amour.
3. **Panégyrique** : discours élogieux.

BÉRALDE, *sortant de l'endroit où il s'est caché.* – Hé bien ! mon frère, vous le voyez.

TOINETTE. – Par ma foi, je n'aurais jamais cru cela. Mais j'entends votre fille ; remettez-vous comme vous étiez et voyons de quelle manière elle recevra votre mort[1]. C'est une chose qu'il n'est pas mauvais d'éprouver ; et puisque vous êtes en train, vous connaîtrez par là les sentiments que votre famille a pour vous.

SCÈNE 13 – ANGÉLIQUE, ARGAN, TOINETTE, BÉRALDE

TOINETTE *s'écrie.* – Ô Ciel ! fâcheuse aventure[2] ! malheureuse journée !

ANGÉLIQUE. – Qu'as-tu, Toinette, et de quoi pleures-tu ?

TOINETTE. – Hélas ! j'ai de tristes nouvelles à vous donner.

ANGÉLIQUE. – Hé quoi !

TOINETTE. – Votre père est mort !

ANGÉLIQUE. – Mon père est mort, Toinette ?

TOINETTE. – Oui, vous le voyez là. Il vient de mourir tout à l'heure[3] d'une faiblesse qui lui a pris.

ANGÉLIQUE. – Ô Ciel ! quelle infortune ! quelle atteinte cruelle ! Hélas, faut-il que je perde mon père, la seule chose qui me restait au monde, et qu'encore, pour un surcroît de désespoir, je le perde dans un moment où il était irrité contre moi ! Que deviendrai-je, malheureuse, et quelle consolation trouver après une si grande perte ?

1. **Recevra votre mort** : accueillera la nouvelle de votre mort.
2. **Fâcheuse aventure** : événement pénible.
3. **Tout à l'heure** : à l'instant.

Cléante, Angélique, Argan et Toinette, *illustration de Maurice Leloir (Acte III, scène 14), 1896, Paris, Émile Testard éditeur.*

SCÈNE 14 – CLÉANTE, ANGÉLIQUE, ARGAN, TOINETTE, BÉRALDE

CLÉANTE. – Qu'avez-vous donc, belle Angélique ? et quel malheur pleurez-vous ?

ANGÉLIQUE. – Hélas ! je pleure tout ce que dans ma vie je pouvais perdre de plus cher et de plus précieux. Je pleure la mort de mon père.

CLÉANTE. – Ô Ciel ! quel accident ! quel coup inopiné[1] ! Hélas ! après la demande que j'avais conjuré[2] votre oncle de lui faire pour moi, je venais me présenter à lui et tâcher, par mes respects et par mes prières, de disposer son cœur à vous accorder à mes voeux.

1. **Inopiné** : inattendu.
2. **Conjuré** : supplié.

ANGÉLIQUE. – Ah ! Cléante, ne parlons plus de rien. Laissons là toutes les pensées du mariage. Après la perte de mon père, je ne veux plus être du monde, et j'y renonce pour jamais. Oui, mon père, si j'ai résisté tantôt à vos volontés, je veux suivre du moins une de vos intentions et réparer par là le chagrin que je m'accuse de vous avoir donné. Souffrez, mon père, que je vous en donne ici ma parole, et que je vous embrasse pour vous témoigner mon ressentiment[1].

ARGAN, *se lève*. – Ah ! ma fille !

ANGÉLIQUE, *épouvantée*. – Aïe !

ARGAN. – Viens. N'aie point de peur, je ne suis pas mort. Va, tu es mon vrai sang, ma véritable fille, et je suis ravi d'avoir vu ton bon naturel.

ANGÉLIQUE. – Ah ! quelle surprise agréable, mon père ! Puisque, par un bonheur extrême, le Ciel vous redonne à mes vœux, souffrez qu'ici je me jette à vos pieds pour vous supplier d'une chose. Si vous n'êtes pas favorable au penchant de mon cœur, si vous me refusez Cléante pour époux, je vous conjure, au moins, de ne me point forcer d'en épouser un autre. C'est toute la grâce que je vous demande.

CLÉANTE, *se jette à genoux*. – Eh ! Monsieur, laissez-vous toucher à ses prières et aux miennes, et ne vous montrez point contraire aux mutuels empressements d'une si belle inclination.

BÉRALDE. – Mon frère, pouvez-vous tenir là contre[2] ?

TOINETTE. – Monsieur, serez-vous insensible à tant d'amour ?

ARGAN. – Qu'il se fasse médecin, je consens au mariage. Oui, faites-vous médecin, je vous donne ma fille.

CLÉANTE. – Très volontiers, Monsieur ; s'il ne tient qu'à cela pour être votre gendre, je me ferai médecin, apothicaire même, si

1. **Ressentiment** : sentiment de douleur.
2. **Tenir là contre** : résister (à ses arguments).

vous voulez. Ce n'est pas une affaire que cela, et je ferais bien d'autres choses pour obtenir la belle Angélique.

BÉRALDE. – Mais, mon frère, il me vient une pensée. Faites-vous médecin vous-même. La commodité sera encore plus grande d'avoir en vous tout ce qu'il vous faut.

TOINETTE. – Cela est vrai. Voilà le vrai moyen de vous guérir bientôt ; et il n'y a point de maladie si osée que de se jouer à la personne d'un médecin.

ARGAN. – Je pense, mon frère, que vous vous moquez de moi. Est-ce que je suis en âge d'étudier ?

BÉRALDE. – Bon, étudier ! Vous êtes assez savant ; et il y en a beaucoup parmi eux qui ne sont pas plus habiles que vous.

ARGAN. – Mais il faut savoir parler latin, connaître les maladies et les remèdes qu'il y faut faire.

BÉRALDE. – En recevant la robe et le bonnet de médecin, vous apprendrez tout cela, et vous serez après plus habile que vous ne voudrez.

ARGAN. – Quoi ! l'on sait discourir sur les maladies quand on a cet habit-là ?

BÉRALDE. – Oui. L'on n'a qu'à parler ; avec une robe et un bonnet, tout galimatias[1] devient savant, et toute sottise devient raison.

TOINETTE. – Tenez, Monsieur, quand il n'y aurait que votre barbe, c'est déjà beaucoup, et la barbe fait plus de la moitié d'un médecin.

CLÉANTE. – En tout cas je suis prêt à tout.

BÉRALDE. – Voulez-vous que l'affaire se fasse tout à l'heure ?

ARGAN. – Comment, tout à l'heure ?

BÉRALDE. – Oui, et dans votre maison.

ARGAN. – Dans ma maison ?

1. **Galimatias** : jargon incompréhensible.

BÉRALDE. – Oui. Je connais une Faculté de mes amies qui viendra tout à l'heure en faire la cérémonie dans votre salle. Cela ne vous coûtera rien.

ARGAN. – Mais moi, que dire ? que répondre ?

BÉRALDE. – On vous instruira en deux mots, et l'on vous donnera par écrit ce que vous devez dire. Allez-vous-en vous mettre en habit décent●, je vais les envoyer quérir[1].

ARGAN. – Allons, voyons cela.

(Il sort.)

CLÉANTE. – Que voulez-vous dire, et qu'entendez-vous[2] avec cette Faculté de vos amies ?

TOINETTE. – Quel est donc votre dessein ?

BÉRALDE. – De nous divertir un peu ce soir. Les comédiens ont fait un petit intermède de la réception d'un médecin[3], avec des danses et de la musique ; je veux que nous en prenions ensemble le divertissement, et que mon frère y fasse le premier personnage.

ANGÉLIQUE. – Mais, mon oncle, il me semble que vous vous jouez[4] un peu beaucoup de mon père.

BÉRALDE. – Mais, ma nièce, ce n'est pas tant le jouer que s'accommoder à ses fantaisies. Tout ceci n'est qu'entre nous. Nous y pouvons aussi prendre chacun un personnage, et nous donner ainsi la comédie les uns aux autres. Le carnaval autorise cela. Allons vite préparer toutes choses.

CLÉANTE, *à Angélique.* – Y consentez-vous ?

ANGÉLIQUE. – Oui, puisque mon oncle nous conduit.

1. **Quérir** : chercher.
2. **Qu'entendez-vous ?** : que signifiez-vous ?
3. **On fait [...] médecin** : ont composé un intermède dans lequel on représente la réception d'un médecin, c'est-à-dire le moment où l'étudiant est reçu médecin.
4. **Vous vous jouez** : vous vous moquez.

● **Argan n'est pas habillé puisqu'il est censé être malade et devoir rester dans sa chambre.**

Troisième intermède

C'est une cérémonie burlesque d'un homme qu'on fait médecin, en récit, chant et danse.

ENTRÉE DE BALLET

Plusieurs tapissiers viennent préparer la salle et placer les bancs en cadence. Ensuite de quoi, toute l'assemblée (composée de huit porte-seringues, six apothicaires, vingt-deux docteurs, et celui qui se fait recevoir médecin, huit chirurgiens dansants et deux chantants) entre et prend ses places selon son rang.

PRÆSES	LE PRÉSIDENT
Savantissimi doctores,	Très savants docteurs,
Medicinæ professores,	De la Médecine Professeurs,
Qui hic assemblati estis,	Qui ici êtes assemblés,
Et vos altri, messiores,	Et vous autres Messieurs,
Sententiarum Facultatis	Des sentences de la Faculté
Fideles executores,	Fidèles exécuteurs,
Chirurgiani et apothicari,	Chirurgiens et apothicaires,
Atque tota compania aussi,	Et toute la compagnie aussi,
Salus, honor et argentum,	À vous salut, honneur et fortune,
Atque bonum appetitum.	Et bon appétit aussi.

Non possum, docti confreri,
En moi satis admirari
Qualis bona inventio
Est medici professio ;
Quam bella chosa est et bene trovata,
Medicina illa benedicta,
Quæ, suo nomine solo,
Surprenanti miraculo,
Depuis si longo tempore,
Facit à gogo vivere
Tant de gens omni genere.

Je ne puis, savants confrères,
En moi assez admirer
Quelle bonne invention
Est la médicale profession ;
Quelle chose belle et bien trouvée
Est cette médecine bénie
Qui par son nom seulement
– Ô miracle surprenant –
Depuis si longtemps
Fait vivre à gogo
Toutes sortes de gens.

Per totam terram videmus
Grandam vogam ubi sumus,
Et quod grandes et petiti
Sunt de nobis infatuti.
Totus mundus, currens ad nostros remedios,
Nos regardat sicut deos,
Et nostris ordonnanciis
Principes et reges soumissos videtis.

Nous voyons par toute la terre
La grande vogue où nous sommes,
Et comment grands et petits
Sont de nous infatués.
Le monde entier, courant vers nos remèdes,
Nous regarde ainsi que des dieux,
Et vous voyez à nos ordonnances
Les princes et les rois soumis.

Donque il est nostræ sapientiæ,
Boni sensus atque prudentiæ,

Donc il est de notre sagesse,
De notre bon sens et de notre prudence,

De fortement travaillare	De fortement travailler
A nos bene conservare	À nous bien conserver
In tali credito, voga et honore,	En tel crédit, vogue et honneur,
Et prendre gardam à non recevere	Et à prendre garde à ne recevoir
In nostro docto corpore	Dans notre docte corporation
Quam personas capabiles,	Que des personnes capables,
Et totas dignas remplire	Entièrement dignes d'occuper
Has plaças honorabiles.	Ces places honorables.
C'est pour cela que nunc convocati estis,	C'est pour cela que vous êtes à présent convoqués,
Et credo quod trovabitis	Et je crois que vous trouverez
Dignam materiam medici	Une belle étoffe de médecin
In savanti homine que voici,	En l'homme savant que voici,
Lequel, in chosis omnibus,	Lequel, en toutes choses,
Dono ad interrogandum	Je vous donne à interroger
Et à fond examinandum	Et à examiner à fond,
Vostris capacitatibus.	Selon vos capacités.
PRIMUS DOCTOR	PREMIER DOCTEUR
Si mihi licentiam dat dominus præses,	Si Monsieur le Président m'en donne permission,
Et tanti docti doctores,	Et tant de doctes docteurs,
Et assistantes illustres,	Et tant d'illustres assistants,
Très savanti bacheliero,	Très savant bachelier
Quem estimo et honoro,	Que j'estime et honore,
Domandabo causam et rationem quare	Je te demanderai la cause et la raison
Opium facit dormire.	Par lesquelles l'opium fait dormir.

BACHELIERUS

Mihi a docto doctore
Domandatur causam et rationem quare
Opium facit dormire.
A quoi respondeo
Quia est in eo
Virtus dormitiva,
Cujus est natura
Sensus assoupire.

LE BACHELIER

Il m'est demandé par un docte docteur
La cause et la raison par lesquelles
L'opium fait dormir.
À quoi je réponds :
Parce qu'il y a en lui
Une vertu dormitive
Dont la nature
Est d'assoupir les sens.

CHORUS

Bene, bene, bene, bene respondere
Dignus, dignus est intrare
In nostro docto corpore.
Bene, bene respondere.

LE CHŒUR

Bien, bien, bien, il a bien répondu.
Digne, digne, il est digne d'entrer
Dans notre savante corporation.

SECUNDUS DOCTOR

Cum permission domini præsidis
Doctissimæ Facultatis,
Et totius his nostris actis
Companiæ assistantis,
Domandabo tibi, docte bacheliere,

SECOND DOCTEUR

Avec la permission de Monsieur le Président,
De la très docte Faculté,
Et de toute la compagnie
Qui assiste à nos travaux,
Je te demanderai, savant bachelier,

Quæ sunt remedia,	Quels sont les remèdes
Quæ in maladia	Que dans la maladie
Dite hydropisia	Dite hydropisie,
Convenit facere.	Il faut donner.
BACHELIERUS	LE BACHELIER
Clysterium donare,	Le clystère donner,
Postea seignare,	Puis saigner,
Ensuita purgare.	Ensuite purger.
CHORUS	LE CHŒUR
Bene, bene, bene, bene respondere :	Bien, bien, bien, il a bien répondu.
Dignus, dignus est intrare	Digne, digne, il est digne d'entrer
In nostro docto corpore.	Dans notre savante corporation.
TERTIUS DOCTOR	TROISIÈME DOCTEUR
Si bonum semblatur domino præsidi,	S'il semble bon à Monsieur le Président,
Doctissimæ Facultati	De la très docte Faculté,
Et companiæ præsenti,	Et à la compagnie ici présente,
Domandabo tibi, docte bacheliere,	Je te demanderai, savant bachelier,
Quæ remedia eticis,	Quels remèdes aux fiévreux,
Pulmonicis atque asmaticis,	Aux pulmonaires et aux asthmatiques,
Trovas à propos facere.	Tu trouves à propos de donner.

BACHELIERUS
Clysterium donare,
Postea seignare,
Ensuita purgare.

LE BACHELIER
Le clystère donner,
Puis saigner,
Ensuite purger.

CHORUS
Bene, bene, bene, bene respondere :
Dignus, dignus est intrare
In nostro docto corpore.

LE CHŒUR
Bien, bien, bien, il a bien répondu.
Digne, digne, il est digne d'entrer
Dans notre savante corporation.

QUARTUS DOCTOR
Super illas maladias,
Doctus bachelierus dixit maravillas,
Mais, si non ennuyo dominum præsidem,
Doctissimam Facultatem,
Et totam honorabilem
Companiam ecoutantem,
Faciam illi unam questionem :
De hiero maladus unus
Tombavit in meas manus ;
Habet grandam fievram cum redoublamentis,
Grandam dolorem capitis,
Et grandum malum au coté,

QUATRIÈME DOCTEUR
Sur ces maladies,
Le savant bachelier a dit des merveilles.
Mais si je n'ennuie pas Monsieur le Président,
La docte Faculté,
Et toute l'honorable
Assemblée qui m'écoute,
Je lui ferai une seule question.
Hier un malade
Tomba dans mes mains ;
Il a une forte fièvre avec des accès répétés,
Une grande douleur de tête,
Un grand mal au côté,

Cum granda difficultate
Et pena de respirare.
Veillas mihi dire,
Docte bacheliere,
Quid illi facere ?

BACHELIERUS
Clysterium donare,
Postea seignare,
Ensuita purgare.

QUINTUS DOCTOR
Mais si maladia,
Opiniatria,
Non vult se garire,
Quid illi facere ?

BACHELIERUS
Clysterium donare,
Postea seignare,
Ensuita purgare,
Reseignare, repurgare et reclysterisare.

CHORUS
Bene, bene, bene, bene respondere :
Dignus, dignus est intrare
In nostro docto corpore.

Une grande difficulté
Et peine à respirer.
Veux-tu me dire,
Docte bachelier,
Que faire pour lui ?

LE BACHELIER
Le clystère donner,
Puis saigner,
Ensuite purger.

CINQUIÈME DOCTEUR
Mais si la maladie
Opiniâtre
Ne veut être guérie,
Que faire pour lui ?

LE BACHELIER
Le clystère donner,
Puis saigner,
Ensuite purger,
Resaigner, repurger, le clystère redonner.

LE CHŒUR
Bien, bien, bien, il a bien répondu.
Digne, digne, il est digne d'entrer
Dans notre savante corporation.

PRÆSES
Juras gardare statuta
Per Facultatem præscripta,
Cum sensu et jugeamento ?

LE PRÉSIDENT
Jures-tu de garder les règles
Prescrites par la Faculté
Avec bon sens et jugement ?

BACHELIERUS
Juro.

LE BACHELIER
Je le jure.

PRÆSES
Essere in omnibus
Consultationibus
Ancieni aviso,
Aut bono,
Aut mauvaiso ?

LE PRÉSIDENT
D'être dans toutes
Consultations
De l'avis d'un ancien,
Qu'il soit bon
Ou qu'il soit mauvais ?

BACHELIERUS
Juro.

LE BACHELIER
Je le jure.

PRÆSES
De non jamais te servire
De remediis aucunis,
Quam de ceux seulement doctæ Facultatis ;
Maladus dût-il crevare
Et mori de suo malo ?

LE PRÉSIDENT
De ne jamais te servir
De remèdes autres
Que de ceux seulement de la Docte Faculté,
Le malade dût-il en crever
Et mourir de sa maladie ?

BACHELIERUS
Juro.

LE BACHELIER
Je le jure.

PRÆSES
Ego, cum isto boneto
Venerabili et docto,
Dono tibi et concedo
Virtutem et puissanciam
Medicandi,
Purgandi,
Seignandi,
Perçandi,
Taillandi,
Coupandi,
Et occidendi
Impune per totam terram.

LE PRÉSIDENT
Moi, avec ce bonnet
Vénérable et savant,
Je te donne et concède
La vertu et puissance
De médiciner,
De purger,
De saigner,
De percer,
De tailler,
De couper,
Et de tuer
Impunément par toute la terre.

ENTRÉE DE BALLET

Tous les chirurgiens et apothicaires viennent lui faire la révérence en cadence.

BACHELIERUS
Grandes doctores doctrinæ
De la rhubarbe et du sené,
Ce serait sans douta à moi chosa folla,
Inepta et ridicula,
Si j'alloibam m'engageare
Vobis louangeas donare,
Et entreprenoibam adjoutare

LE BACHELIER
Grands docteurs de la Doctrine,
De la rhubarbe et du séné,
Ce serait sans doute pour moi chose folle,
Inepte et ridicule,
Si j'allais m'engager
À vouloir vous louer,
Et si j'entreprenais d'ajouter

Troisième intermède : défilé des médecins, *vignette de Tony Johannot, 1835, Paris, Paulin éditeur.*

Des lumieras au soleillo,
Des etoilas au cielo,
Des flammas à l'inferno,
Des ondas à l'Oceano,
Et des rosas au printano ;
Agreate qu'avec uno moto,
Pro toto remercimento,
Rendam gratias corpori tam docto.
Vobis, vobis debeo
Bien plus qu'à naturæ et qu'à patri meo :
Natura et pater meus :
Hominem me habent factum ;

Des lumières au soleil,
Et des étoiles au ciel,
Des ondes à l'Océan,
Et des roses au printemps.

Agréez qu'avec un seul mot
Pour tout remerciement,
Je rende grâce à un corps si savant.
À vous, à vous je dois
Bien plus qu'à la nature et qu'à mon père.
La nature et mon père
Ont de moi fait un homme.

Mais vos me, ce qui est bien plus,	Mais vous, ce qui est bien plus,
Avetis factum medicum.	Avez de moi fait un médecin.
Honor, favor, et gratia,	L'honneur, la faveur et la grâce
Qui, in hoc corde que voilà,	Que vous me faites, en ce cœur que voilà,
Imprimant ressentimenta	Impriment des sentiments
Qui dureront in secula.	Qui dureront pour des siècles.
CHORUS	LE CHŒUR
Vivat, vivat, vivat, cent fois vivat,	Vivat, vivat, vivat, cent fois vivat,
Novus doctor, qui tam bene parlat !	Au nouveau docteur qui parle si bien !
Mille, mille annis, et manget, et bibat,	Que pendant mille et mille ans il mange et il boive,
Et seignet, et tuat !	Et qu'il saigne, et qu'il tue !

ENTRÉE DE BALLET

Tous les chirurgiens et les apothicaires dansent au son des instruments et des voix, et des battements de mains, et des battements de main, et des mortiers d'apothicaire.

CHIRURGUS	LE CHIRURGIEN
Puisse-t-il voit doctas	Puisse-t-il voir ses doctes
Suas ordonnancias	Ordonnances
Omnium chirurgorum	De tous les chirurgiens
Et apothiquarum	Et apothicaires
Remplire boutiquas !	Remplir les officines !

CHORUS

Vivat, vivat, vivat, cent fois vivat,
Novus doctor, qui tam bene parlat !
Mille, mille annis, et manget, et bibat,
Et seignet, et tuat !

LE CHŒUR

Vivat, vivat, vivat, cent fois vivat,
Au nouveau docteur qui parle si bien !
Que pendant mille et mille ans il mange et il boive,
Et qu'il saigne, et qu'il tue !

CHIRURGUS

Puissent toti anni
Lui essere boni
Et favorabiles,
Et n'habere jamais
Quam pestas, verolas,
Fievras, pluresias,
Fluxus de sang et dyssenterias !

LE CHIRURGIEN

Puissent toutes les années
Lui être bonnes
Et favorables !
Puisse-t-il n'avoir jamais
Que pestes, que véroles,
Que fièvres, pleurésies,
Flux de sang, dysenteries !

CHORUS

Vivat, vivat, vivat, cent fois vivat,
Novus doctor, qui tam bene parlat !
Mille, mille annis, et manget, et bibat,
Et seignet, et tuat !

LE CHŒUR

Vivat, vivat, vivat, cent fois vivat,
Au nouveau docteur qui parle si bien !
Que pendant mille et mille ans il mange et il boive,
Et qu'il saigne, et qu'il tue !

DERNIÈRE ENTRÉE DE BALLET

Des médecins, des chirurgiens et des apothicaires, qui sortent tous, selon leur rang en cérémonie, comme ils sont entrés.

Le Malade imaginaire à Versailles, *gravure de Le Pautre, 1676.*

LE DOSSIER

Le Malade imaginaire

Une comédie-ballet satirique

REPÈRES

Qu'est-ce qu'une comédie ? Et une comédie-ballet ? **144**

Qu'est ce qu'un texte satirique ? **146**

PARCOURS DE L'ŒUVRE

Étape 1 : Étudier les scènes d'exposition **148**

Étape 2 : Étudier la mise en place de l'intrigue **150**

Étape 3 : Analyser la scène des deux déclarations d'amour . **152**

Étape 4 : Analyser la scène de la consultation **154**

Étape 5 : Étudier le thème du mariage dans la pièce **156**

Étape 6 : Étudier la satire de la médecine dans la pièce **158**

Étape 7 : Lire les dernières scènes : le thème du témoin caché et le dénouement **160**

TEXTES ET IMAGE

L'éducation des filles au XVIIe siècle : groupement de documents **162**

Qu'est ce qu'une comédie ? Et une comédie-ballet ?

La comédie est un genre théâtral destiné à faire rire. Elle met en scène des personnages de condition modeste ou moyenne, dans leur cadre quotidien, et dénonce les défauts de la société en les tournant en dérision. Lorsqu'elle est entremêlée de parties chantées et dansées, on parle de comédie-ballet.

● LES TYPES DE COMÉDIES

Inspiré par les farces du Moyen Âge et la *commedia dell'arte*, Molière écrit des pièces appartenant aux différents genres de la comédie classique.
– La comédie d'intrigue est centrée sur l'action et son dénouement* heureux. Exemple : *Les Fourberies de Scapin*.
– La comédie de mœurs combat, par la satire, un type de comportement social et moral, afin de corriger les mœurs. (*Le Bourgeois gentilhomme* se moque de la bourgeoisie qui imite la noblesse et dénonce la culture du paraître.)
– La comédie de caractère est une déclinaison du genre précédent, centrée sur le trait de caractère excessif d'un personnage (manie, défaut). Exemples : Harpagon dans *L'Avare*, Argan dans *Le Malade imaginaire*.

● LES PROCÉDÉS COMIQUES

Pour faire rire, l'auteur a recours à différents procédés :
– le ***comique* de gestes** : les personnages tombent, se battent, se poursuivent, grimacent ;
– le **comique de mots** : jeux de mots, emploi d'un langage populaire ou, à l'inverse, d'une langue savante de façon inappropriée ;
– le **comique de caractère** : personnage dont un trait de caractère, bien souvent un défaut, prête à rire ;
– le **comique de situation** : quiproquo, ruse, renversement de situation… ;
– le **comique de répétition** : retour d'un même geste, une même action ou un même mot.
La comédie fait rire en restant dans les limites de la bienséance.

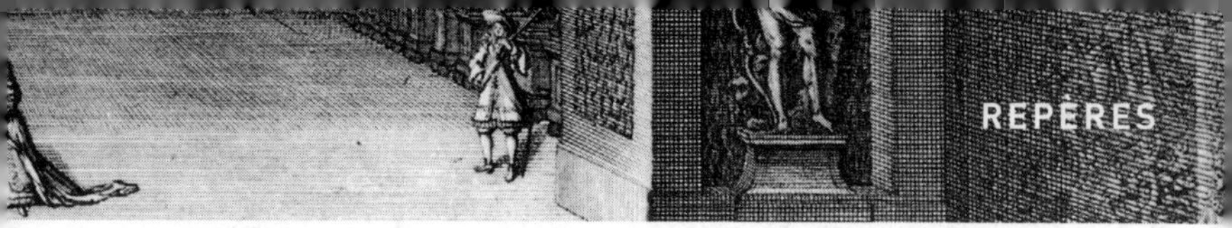

Une histoire de mariage

L'intrigue de la comédie classique est souvent construite autour d'un mariage : deux jeunes gens s'aiment mais leurs parents veulent les marier à d'autres. Leurs valets ou d'autres personnages viennent à leurs secours et, à la suite de multiples péripéties, ils peuvent finalement se marier : le dénouement est heureux.*

• LES ENJEUX DE LA COMÉDIE

En mettant en scène des personnages ordinaires, contemporains, et des dénouements heureux, la comédie s'oppose à la tragédie (héros nobles, souvent issus de la mythologie et fins malheureuses). C'est pourquoi les théoriciens de l'Antiquité comme Aristote la considéraient comme un sous-genre. Pour autant le but de la comédie n'en a pas moins, à sa façon, une ambition morale. Traduisant la devise latine d'un de ses contemporains, Molière explique que la comédie « distrait en corrigeant les mœurs » *(castigat ridendo mores)*. En ridiculisant les médecins dans plusieurs de ses pièces, il souhaite ainsi amuser son public mais également, grâce à ce divertissement, critiquer la médecine de l'époque.

• LA COMÉDIE-BALLET : SES ORIGINES

Molière a créé ce nouveau genre qui disparaîtra d'ailleurs peu de temps après lui. Au XVIIe siècle, on ne parle pas encore de comédie-ballet mais de « *comédie mêlée* ». Le terme a été inventé ensuite par des historiens de la littérature. La première comédie-ballet de Molière, *Les Fâcheux*, a été écrite en 1661 pour Fouquet, riche gentilhomme que Louis XIV fit mettre en prison pour le punir d'avoir voulu trop montrer ses richesses.

La comédie-ballet est rythmée par des parties dansées et chantées, écrites en prose ou en vers, entre les actes. On appelle prologue la partie qui ouvre la pièce, intermèdes les suivantes.

Les autres comédies-ballets de Molière

Molière a écrit dix comédies-ballets. Les parties dansées sont l'œuvre du maître de danse Pierre Beauchamp. La musique est confiée à Jean-Baptiste Lully (huit pièces), puis à Marc-Antoine Charpentier (deux pièces dont Le Malade imaginaire*). Les deux comédies-ballets les plus connues de Molière sont* Le Bourgeois Gentilhomme *(1670) et* Le Malade imaginaire *(1673). Louis XIV raffolait de ce genre de comédie, particulièrement adapté à son goût pour les fêtes somptueuses.*

Qu'est-ce qu'un texte satirique ?

Un texte satirique est un texte écrit pour se moquer d'une personne, d'un groupe de personnes ou d'une institution et en dénoncer les travers. Il existe toutes sortes d'écrits satiriques : romans, essais, poèmes, pièces de théâtre. Un texte satirique a pour double objectif de faire rire et de faire réfléchir.

• LES ORIGINES DE LA SATIRE

La satire est un genre très ancien, inventé dans l'Antiquité. Aristophane, auteur de comédies grec (IVe s. av. J.C.), a souvent mis en scène les ridicules et les excès des hommes politiques contemporains. Les Latins Horace (Ier s. av. J.C.), Perse (Ier s.), Juvénal et Martial (début du IIe s.) ont écrit des poèmes prenant pour cible les défauts et les ridicules des hommes.

Satire et satyre : deux homonymes à ne pas confondre !

• *Le mot « satire » vient du latin* satura *: « macédoine de légumes ». Les comédies satiriques latines mélangeaient en effet vers, musique et danse. Par la suite, le mot ne désigne plus qu'un texte qui s'attaque à quelqu'un ou à quelque chose en s'en moquant.*

• *Le mot « satyre » vient du latin* Satyrus*, nom des compagnons du dieu Bacchus aux oreilles, à la queue et aux pieds de chèvre. Il désigne un homme débauché, obsédé par la conquête des femmes.*

• SATIRE ET COMÉDIE

Les comédies présentent souvent un caractère satirique, car le comique s'appuie, du moins en partie, sur la caricature d'un personnage ou le grossissement d'un défaut dont on veut se moquer. La satire est, quant à elle, une représentation critique et comique d'un défaut, puisqu'elle utilise le rire et la caricature pour discréditer quelque chose ou quelqu'un. Satire et comédie sont donc très liées mais ne se confondent pas.

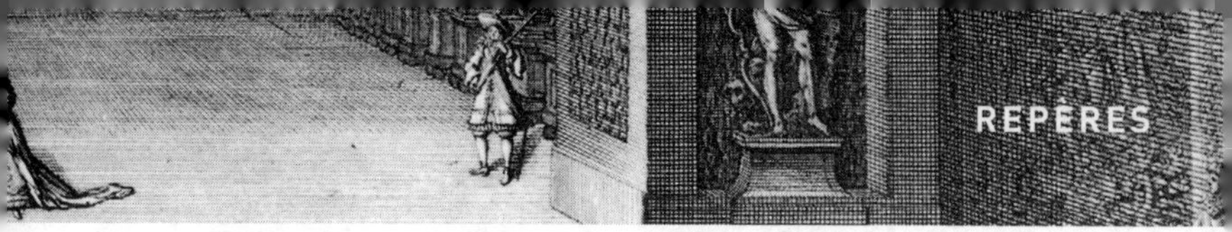

Évolution du sens du mot « satire »

Le mot « satire » désigne d'abord, dans l'Antiquité, une pièce mêlée de danse et de musique de portée morale.
Il s'emploie ensuite pour les poèmes qui dénoncent les ridicules des contemporains (Perse, Horace).
*À l'époque de Molière, la satire est un écrit mêlé de prose et de vers (*La Satire Ménipée*, 1594), puis plus couramment un écrit ou un discours qui s'attaque à quelqu'un ou à quelque chose en s'en moquant (Boileau, Furetière).*

● MOLIÈRE ET LA SATIRE

La plupart des pièces de Molière ont une dimension satirique. L'écrivain dénonce principalement les apparences trompeuses, l'hypocrisie et le manque de sagesse qui poussent les hommes à vouloir être ce qu'ils ne sont pas :
– le bourgeois Monsieur Jourdain veut devenir gentilhomme *(Le Bourgeois Gentilhomme)* ;
– Tartuffe se fait passer pour un homme pieux alors qu'il est intéressé et manipulateur *(Tartuffe)*.
Les médecins offrent une cible privilégiée à Molière, qui les considère comme des charlatans. Dans *Le Malade imaginaire*, la satire porte sur la médecine et les médecins mais aussi sur la folle imagination d'Argan qui se croit malade alors qu'il ne l'est pas.

La satire aujourd'hui

La satire demeure présente dans la littérature d'aujourd'hui mais aussi sous de nouvelles formes, plus contemporaines.
— Un journal comme Le Canard enchaîné *est un organe de presse satirique : toutes les semaines, on y trouve des articles et des dessins — souvent des caricatures — dont le but est de révéler les travers et les excès des hommes de pouvoir sous forme humoristique.*
— La télévision diffuse également des émissions satiriques, dont la plus représentative de cet esprit est sans doute « Les Guignols de l'Info » sur Canal +.

Étape I • Étudier les scènes d'exposition*

SUPPORT : Acte* I, scènes 1 et 2 (pages 26-32)
OBJECTIF : Repérer en quoi ces scènes* nous font découvrir le thème principal de la pièce.

As-tu bien lu ?

1 Les deux premières scènes de la pièce introduisent certains personnages*. Associe chaque nom de personnage à sa fonction dans la pièce.

☐ Argan	☐ fille d'Argan
☐ Toinette	☐ apothicaire
☐ Monsieur Purgon	☐ malade imaginaire
☐ Monsieur Fleurant	☐ médecin
☐ Angélique	☐ servante

2 À la fin de sa tirade*, quels termes Argan emploie-t-il pour se désigner ?

3 Dans la scène 2, Toinette, pour empêcher Argan de crier, fait semblant :
☐ de s'être blessée. ☐ de rire. ☐ de pleurer.

4 Pensez-vous que son comportement soit celui d'une servante ? Que nous apprend-t-il sur les personnalités de Toinette et Argan ?

5 Quelle opinion Toinette a-t-elle du médecin et de l'apothicaire d'Argan ? Relève des expressions qu'elle emploie pour justifier ta réponse.

Le long monologue* de la scène 1

6 Argan est seul sur scène quand commence la pièce. On a pourtant l'impression qu'il s'adresse à quelqu'un. Qui sont ces interlocuteurs ? Quel rapport Argan semble-t-il entretenir avec eux ?

7 Argan fait ses comptes. Comment réagit-il face à ses factures ? Cela est-il le comportement habituel de quelqu'un de malade ?

8 Quelle image des médecins et des apothicaires le monologue d'Argan donne-t-il ? Pourquoi ?

Le changement de rythme et les effets comiques de la scène 2

9 Retrouve de quel type de comique* relèvent les éléments cités : comique de situation – comique de caractère – comique de mots – comique de gestes.

Type de comique	Élément de la scène
....	Les injures adressées par Argan à Toinette.
....	– Argan est sur sa chaise percée, préoccupé des effets de son lavement. – Il manifeste des exigences et des préoccupations que ne justifie pas son état de santé.
....	Toinette, en colère et tenant sa tête comme si elle s'était cognée.
....	Toinette est très insolente : c'est elle qui mène le jeu.

10 Dans sa dernière réplique, quelle information annonçant le début de l'intrigue Argan donne-t-il ?

La langue et le style : le comique de répétition

11 Dans la scène 1, relève les noms qui sont souvent répétés et compte le nombre de répétitions. Quel effet produisent-elles ?

12 Dans la scène 2, par quel type de mot Toinette réussit-elle à interrompre Argan ? Quel effet cela produit-il ?

Faire le bilan

13 Complète le texte suivant.
Dans la scène 1, ce qu'Argan apprécie chez son apothicaire, c'est surtout que ses « parties sont . . . . », c'est-à-dire que ses ordonnances ne sont pas trop coûteuses. Il compare aussi le nombre des médecines (. . . . .) et des lavements (. . . . .) du mois avec ceux du mois précédent (. . . . . et . . . .) pour conclure sur son état de santé du moment. Il calcule, raisonne et parle vite et bien, comme quelqu'un qui est en parfaite santé. Ce qui est contraire à la façon dont il se décrit à la fin de son monologue : un « . . . . ».
Dans la scène 2, il semble de même en pleine forme et il traite Toinette d'« . . . . » quand celle-ci lui dit ce qu'elle pense de son médecin et de son apothicaire : « . . . . ». Argan est un malade imaginaire.

À toi de jouer

14 Avec un ou une camarade, apprenez et jouez la scène 2 jusqu'à la ligne 93, en respectant bien le rythme du dialogue*.

Étape 2 • Étudier la mise en place de l'intrigue

SUPPORT : Acte I, scènes 5 à 8 (pages 36-51)

OBJECTIF : Comprendre qu'Argan est le centre de deux intrigues parallèles.

As-tu bien lu ?

1 Remets dans le bon ordre les différents éléments des deux intrigues mises en place dans l'acte I.

a. Toinette conseille à Angélique d'avertir rapidement Cléante.

b. Un notaire vient pour préparer un testament en faveur de Béline.

c. Angélique dit qu'elle souhaite le couvent plutôt qu'un mariage avec Thomas Diafoirus.

d. Argan annonce à Angélique son prochain mariage.

e. Béline aimerait voir les deux filles d'Argan au couvent.

f. Angélique parle à Toinette de son amour pour Cléante.

2 Dans la scène 5, quel mot permet de faire cesser le quiproquo* entre Argan et Angélique ?

3 Si Angélique refuse de lui obéir, Argan menace :

☐ de la faire religieuse. ☐ de la déshériter.

☐ de lui faire épouser Monsieur Purgon.

4 Dans la scène 6, quels termes Béline emploie-t-elle pour appeler Argan?

5 Dans la scène 7, pourquoi Béline se met-elle à pleurer ? Est-elle sincère ?

6 Dans la scène 8, que conseille Toinette à Angélique ?

☐ de parler à Béline ☐ de faire croire à Béline qu'elle l'approuve

☐ de faire prévenir Cléante

Un père autoritaire

7 Dans la scène 7, retrouve les deux raisons que donne Argan pour justifier sa volonté de donner sa fille en mariage à Thomas Diafoirus. Lequel, à ses yeux, est la plus importante ?

8 À son tour, Toinette cherche à convaincre Argan en utilisant différents arguments. Dans le tableau ci-contre, classe ceux qui font appel à son cœur et ceux qui font appel à sa raison.

9 La loi, au XVIIe siècle, donne tous les droits au père de famille. Pourtant, quel personnage semble ici détenir l'autorité ? Justifie ta réponse.

Arguments	Cœur	Raison
Avec tout le bien que vous avez, vous voudriez marier votre fille avec un médecin ?		
Votre fille doit épouser un mari pour elle ; et, n'étant point malade, il n'est pas nécessaire de lui donner un médecin.		
On dira que vous ne songez pas à ce que vous dites.		
Vous n'aurez pas ce cœur-là.		
La tendresse paternelle vous prendra.		
Mon Dieu je vous connais ; vous êtes bon naturellement.		

Un mari naïf

10 Argan ne s'aperçoit pas de la fausseté de sa femme. Dans les scènes 7 et 8, relève les répliques tendres de Béline à Argan et classe les en deux catégories : celles qui te semblent hypocrites, et celles qui sont sincères.

11 Dans la scène 6, fais la liste de tout ce que fait Béline pour donner l'impression à Argan qu'elle l'aime.

La langue et le style

12 Dans la scène 5, de « Oui mon père » à « Hé, oui », que peux-tu dire sur le rythme du dialogue ? Quel effet cela produit-il sur le spectateur ?

13 Dans la scène 7, relève tous les termes appartenant au champ lexical du droit. Sont-ils employés de manière ridicule ou sérieuse ?

Faire le bilan

14 Quelle est l'intrigue principale ? Celle qui concerne le mariage d'Angélique ou les manœuvres de Béline pour capter l'héritage d'Argan ? Justifie ta réponse en présentant les personnages et leurs objectifs.

À toi de jouer

15 Imagine un dialogue entre deux ami(e)s qui pensent parler de la même personne alors qu'il n'en est rien. Ton texte devra avoir une chute amusante.

Étape 3 • Analyser la scène des deux déclarations d'amour

SUPPORT : Acte II, scène 5 (page 70)
OBJECTIF : Étudier la composition d'une scène centrale dans l'intrigue et caractéristique de la comédie-ballet.

As-tu bien lu ?

1 Dans son compliment à Argan, comment Thomas Diafoirus l'appelle-t-il ?

2 À quoi Thomas Diafoirus compare-t-il Angélique ?
☐ à une statue ☐ à une fleur ☐ au soleil

3 À quel âge Thomas Diafoirus a-t-il appris à lire ?

4 Quels personnages de l'air chanté par Cléante et Angélique leur correspondent-ils?

5 Pourquoi Monsieur Diafoirus ne veut-il pas que son fils devienne médecin à la Cour ?

6 À la fin de la scène, Argan découvre
☐ la véritable identité du maître de musique.
☐ que les paroles ne sont pas écrites sur la partition.
☐ que sa fille est amoureuse de Cléante.

Une scène aux deux visages

7 Quels sont les deux moments importants de cette scène ? Donne un titre à chaque partie.

8 Toinette trouve Thomas Diafoirus ridicule mais elle ne peut le dire directement. Relève des passages dans lesquels elle use d'ironie*, c'est-à-dire des passages dans lesquels elle dit le contraire de ce qu'elle pense.

9 Relève les indices qui montrent qu'Angélique dépend de son père mais que c'est aussi une jeune fille qui sait ce qu'elle veut.

Une scène caractéristique de la comédie-ballet

10 Quel est le rôle joué ici par la partie chantée ? Pourquoi est-elle si longue ? Pourquoi Cléante fait-il une si longue introduction ?

11 Relève les points communs entre l'air chanté par Cléante et Angélique et le prologue de la pièce.

	Air chanté	Prologue
Noms des personnages		
Métiers des personnages		
Lieu		
Thème principal		

La langue et le style

12 Quelle remarque peux-tu faire sur le rythme du début de la scène ? Quel effet cela produit-il ?

13 Quel registre de langue utilise Thomas Diafoirus ? Pourquoi ?

Faire le bilan

14 Complète le texte suivant.
Dans l'introduction à l'air d'opéra faite par Cléante, les rôles sont donnés. Il est un .... Elle est une .... Ces personnages rappellent le .... du premier acte. Grâce à cette mise en scène, Cléante peut avouer indirectement sa passion et utiliser, devant Argan, des mots d'amour comme ...., ..., ... ou .... Dans l'air d'opéra proprement dit, Angélique peut dire « Je vous aime » .... fois. Argan, aux côtés des .... assiste à une comédie jouée à ses dépens, créant là un comique de .... Il se met en colère contre le .... de la bergère, sans comprendre qu'il s'agit en fait d'............. Dans cette scène, la partie chantée, caractéristique de la comédie-............., n'est pas là seulement pour divertir mais aussi pour faire progresser l'............. Angélique est sûre désormais que .... et réciproquement.

À toi de jouer

15 Sur le modèle de l'échange entre Argan et Monsieur Diafoirus, rédige un dialogue entre deux personnes qui ne s'écoutent pas.

Étape 4 • Analyser la scène de la consultation

SUPPORT : Acte III, scène 10 (page 116)
OBJECTIF : Analyser les différentes sortes de comique mises en œuvre dans cette scène : comique de situation, comique de caractère, comique de mots.

As-tu bien lu ?

1 Comment sait-on que Toinette et le médecin sont le même personnage ?

2 Quel âge dit avoir le médecin-Toinette ?

3 Quel est, selon le médecin-Toinette, l'organe responsable de tous les maux d'Argan ?

4 Quelle est l'opinion du médecin-Toinette sur Monsieur Purgon ?

5 Quelles solutions radicales suggère à Argan le médecin-Toinette?

6 Le médecin-Toinette quitte Argan pour aller au chevet d'un patient
☐ malade du foie. ☐ en pleine santé. ☐ déjà mort.

Une scène de farce

7 Dans une farce, on n'hésite pas à exagérer pour créer un effet comique. Cite deux exemples pris dans la scène 10.

8 Relie les éléments qui correspondent.

Toinette, *en médecin.*	Comique de mots
Ignorantus, ignoranta, ignorantum !	Comique de caractère
Argan dit avoir « des douleurs de tête », « un voile devant les yeux », « des maux de cœur », « des douleurs dans le ventre »...	Comique de situation

9 Dans la liste des maux évoqués par Argan et dans celle des aliments proposés par le médecin, il est fait directement allusion aux problèmes de digestion du malade imaginaire. Relève ces deux passages.

Un drôle de médecin

10 Pourquoi le médecin-Toinette est-il content de faire la connaissance d'Argan ?

11 Compare la réaction d'Argan face au médecin-Toinette au début et à la fin de la scène. Comment le médecin Toinette réussit-elle à séduire Argan ? Avec quels arguments ?

12 Quel est le seul vrai défaut qu'Argan trouve à ce curieux médecin ?

13 Classe en deux catégories ce qui te paraît vraisemblable dans la consultation de Toinette médecin de ce qui te semble totalement invraisemblable.

14 Compare la consultation faite par Toinette avec celle faite par les Diafoirus dans l'acte II, scène 6.

La langue et le style

15 Le comique de mots peut être fondé sur la répétition d'un même terme. Relève deux exemples différents dans cette scène.

16 Pendant la consultation, quel type et quelle forme de phrases sont-ils le plus souvent utilisés par le médecin-Toinette ? Quel genre de réponse cela induit-il ?

17 Relève les marques de l'ironie et les jeux de mots que Toinette utilise dans son discours pour se moquer de la médecine.

Faire le bilan

18 Fais la liste de tout ce qui t'a fait rire dans la scène et analyse ce que tu as relevé en précisant, à chaque fois, s'il s'agit de comique de mots, de caractère ou de situation.

19 Le comique de geste (voir Repères, page 144) est aussi présent même si les didascalies* ne donnent pas d'indications précises. Relève les répliques qui peuvent inciter un metteur en scène* à faire rire avec les gestes des personnages.

20 En quoi cette consultation relève-t-elle de la satire (voir Repères p. 146) de la médecine ?

À toi de jouer

21 Rédige des indications précises de mise en scène : voix, mimiques, gestes, déplacements, apartés*...

Étape 5 • Étudier le thème du mariage dans la pièce

SUPPORT : Acte II, scène 6 (page 82) ; Acte III, scène 3 (page 100)
OBJECTIF : À travers les discours d'Angélique puis de Béralde, analyser la thématique du mariage dans la pièce.

As-tu bien lu ?

1 Dans la scène 6 de l'acte II, que reproche Angélique à Thomas Diafoirus ?

2 Comment réagit Thomas Diafoirus ? Que cela nous apprend-t-il sur sa personnalité ?

3 Comment Angélique essaie-t-elle d'échapper au mariage ? À qui s'adresse-t-elle tour à tour ?

4 Que demande Argan aux Diafoirus avant leur départ ? Pourquoi ?

5 Comment Angélique s'y prend-elle pour démasquer sa belle-mère ? Y arrive-t-elle ? Pourquoi ?

6 Dans la scène 3 de l'acte III, quel est le but de Béralde en venant voir Argan ?
☐ parler de la médecine ☐ marier Angélique à Thomas Diafoirus
☐ aider sa nièce à épouser l'homme qu'elle aime

7 À la fin de sa conversation avec Argan, Béralde a convaincu Argan de
☐ mettre Angélique au couvent. ☐ ne plus croire en la médecine.
☐ renoncer au mariage entre Angélique et Thomas Diafoirus.

Un père tout-puissant

8 Au XVIIe siècle, le père de famille choisit pour ses enfants le mari ou la femme qu'ils doivent épouser. Il a tous les droits. Relève, dans la scène 6 de l'acte II et dans la scène 3 de l'acte III, les passages dans lesquels Argan rappelle cette règle.

9 Quels traits du caractère d'Argan révèle sa volonté de marier sa fille à Thomas Diafoirus ?

Mariage d'amour ou mariage d'intérêt ?

10 Relève, dans la scène 6 de l'acte II, des répliques dans lesquelles Angélique explique ce que le mariage doit être et ce qu'il ne doit pas être.

11 Pourquoi Béline ne souhaite-t-elle pas qu'Angélique se marie ?

12 Attribue à Angélique et à Béralde les bons arguments.

- Le mariage est un engagement définitif et on ne doit pas forcer quelqu'un à se marier.
- Le choix d'un mari doit se faire sans emportement, en faisant preuve de calme et de bon sens.
- Une fille doit obéir à son père mais il y a des limites.
- Il faut épouser un mari qu'on aime.
- Thomas Diafoirus n'a pas encore fait les preuves de son mérite.
- Il faut choisir un mari pour soi et non pour son père.

- Angélique
- Béralde

La langue et le style

13 Quels procédés les Diafoirus utilisent-ils pour séduire Argan (niveau de langue, registre, langue utilisée, tournures, types de phrase, etc.) ? Dans quel but concret ?

14 Quel procédé de style utilise Béralde pour parler des intentions de Béline ?

15 Angélique demande du temps à Thomas Diafoirus. Elle utilise l'argument « si monsieur est honnête homme ». Fais une recherche sur le sens d'« honnête homme » au XVIIe siècle.

Faire le bilan

16 Que nous apprennent les discours de Béralde et d'Angélique sur le mariage au XVIIe siècle ?

Donne ton avis

17 Que penses-tu de l'attitude de Thomas Diafoirus ? De celle de Béline ? Quelle responsabilité ont-ils, à ton avis, dans les difficultés que rencontrent Angélique et Cléante pour se marier ?

Étape 6 • Étudier la satire de la médecine dans la pièce

SUPPORT : Acte II, scènes 5 et 6 ; Acte III, scènes 3, 4, 5, 14 et dernier intermède
OBJECTIF : Mettre en évidence les arguments de Molière contre les médecins et leur mise en œuvre sur un mode satirique ; faire le lien avec les éléments de l'enquête.

As-tu bien lu ?

1 Dans la scène 5, acte II, comment Monsieur Diafoirus décrit-il son fils ? Le portrait est-il flatteur ? Justifie ta réponse.

2 Pourquoi Monsieur Diafoirus souhaite que son fil « demeure au public » et pas à la Cour ? En quoi l'argument est-il absurde ?

3 Selon Béralde (acte III, scène 3), que savent les médecins de son époque ?

4 Dans la scène 5, acte III, pourquoi Monsieur Purgon est-il en colère ?
- ☐ Monsieur Purgon est en retard à son rendez-vous avec Argan.
- ☐ Monsieur Purgon vient d'apprendre qu'Argan ne veut plus marier Angélique à Thomas Diafoirus, son neveu.
- ☐ Argan refuse de prendre son lavement.

5 Que souhaite Monsieur Purgon à Argan avant de l'abandonner ? Que pensez-vous de ce comportement pour un médecin ?

6 À la fin de la pièce, que Béralde suggère-t-il à Argan ? Pourquoi ?

Un malade victime des médecins

7 Dans les scènes 5 et 6 de l'acte II, relève tous les éléments qui font de Thomas Diafoirus un personnage tout à fait ridicule.

8 Montre en quoi les avis de Monsieur Diafoirus et de Monsieur Purgon sur la maladie d'Argan s'opposent.

	Monsieur Diafoirus	Monsieur Purgon
Partie du corps malade		
Régime conseillé		

En quoi cette divergence d'opinion décrédibilise-t-elle les médecins ?

9 Qu'est-ce qui, selon Béralde, prouve qu'Argan n'est pas malade ?

10 Comment Béralde décrit-il Monsieur Purgon ?

Les médecins : une cible privilégiée de Molière pour ses farces

11 En t'aidant du dossier, retrouve le titre des pièces dans lesquelles Molière se moque des médecins.

12 Béralde est en réalité le porte-parole de Molière. Quels arguments donne-t-il à Argan, dans la scène 3 de l'acte III, pour le persuader de ne pas faire confiance aux médecins ?

13 Pourquoi Argan parle-t-il de Molière lui-même ? Quel effet cela produit-il sur le spectateur ?

14 Relis la scène 14 et fais la liste de tous les critères qui font un bon médecin selon l'ironique Béralde.

15 Dans le dernier intermède, quel principal défaut Molière reproche-t-il aux médecins de son temps ?

La langue et le style

16 Quel niveau de langue et quelle langue savante emploient Thomas Diafoirus et son père pendant la consultation de la scène 6 de l'acte II ? Relève des exemples précis. Quel effet cela produit-il ?

17 Quel est donc le registre littéraire utilisé? Pourquoi ?

Faire le bilan

18 Montre que cette pièce critique la médecine en faisant rire les spectateurs à ses dépens, et qu'en cela elle est une satire.

19 En t'aidant des éléments de l'enquête, relève dans les scènes étudiées, ce qui relève de la caricature de la médecine et ce qui est le simple reflet de la réalité de ce qu'était la médecine au XVIIe siècle.

Donne ton avis

20 Quel personnage te fait le plus rire : Argan, le malade imaginaire, ou ses médecins ? Pourquoi ?

21 Imagine le comportement d'Argan et de Monsieur Purgon dans la scène 5 de l'acte III (intonations, costumes, gestes, diction, accessoires*).

Étape 7 • Lire les dernières scènes : le thème du témoin caché et le dénouement

SUPPORT : Acte III, scènes 11, 12, 13 (page 121-125)

OBJECTIF : Étudier les caractéristiques d'un dénouement de comédie.

As-tu bien lu ?

1 Dans la scène 11, quel personnage dit clairement à Argan ce qu'il pense de Béline ?

2 À la fin de la scène 11, que propose Toinette à Argan ?
- ☐ de faire le mort
- ☐ de changer de médecin
- ☐ de suivre un nouveau régime alimentaire

3 Quelle réaction a Béline quand elle croit Argan mort ?
- ☐ Elle s'évanouit.
- ☐ Elle se réjouit.
- ☐ Elle se méfie et s'assure qu'il est bien mort.

4 Comment Angélique réagit-elle à l'annonce de la mort de son père ?

5 À la fin de la pièce, à quelle condition Argan accepte-t-il de marier sa fille à Cléante ?

Argan, témoin caché

6 Explique en quoi l'expression « belle oraison funèbre » est ici ironique. Par quel mot est-elle reprise par Argan ?

7 Dans les scènes 12 et 13, qui est acteur ? Qui est spectateur caché ? Quel effet cela produit-il sur les spectateurs présents dans la salle ?

	Acteurs	**Spectateurs cachés**
Scène 12		
Scène 13		

8 Quelle décision prise par Angélique quand elle croit son père mort montre le profond respect qu'elle a pour lui ?

9 La réaction d'Angélique fait-elle changer Argan d'avis ? Pourquoi ?

Un dénouement tardif mais heureux

10 Le dénouement se fait en plusieurs étapes. Remets-les dans l'ordre.
a. Argan accepte le mariage de sa fille avec Cléante si celui-ci devient médecin.
b. Angélique prouve à son père qu'elle l'aime et qu'elle lui obéira.
c. Béralde propose à Argan de se faire médecin à la place de Cléante.
d. Cléante accepte de se faire médecin pour épouser Angélique.

11 Quelle tonalité donne à la pièce toute entière le dernier intermède ? Cherche dans le dictionnaire le mot « burlesque », et explique comment le registre burlesque participe ici au comique de situation.

La langue et le style

12 Quel type de phrase est le plus utilisé dans la scène 13 ? Pourquoi ?

13 Par quel mot Angélique exprime-t-elle sa terreur devant la « résurrection » de son père ? Quelle est sa nature grammaticale et en quoi contraste-t-il avec la réplique précédente et la réplique suivante d'Angélique ? Quel est son effet sur le rythme de la scène ?

14 Comparez les deux « oraisons funèbres » de Béline et Angélique : construction, style, langue. En quoi sont-elles similaires ?

Faire le bilan

15 Tout est bien qui finit bien, mais, à ton avis, Argan a-t-il changé à la fin de la pièce ? Justifie en commentant son attitude finale face à Cléante et en montrant quelle reste son obsession.

À toi de jouer

16 « Montrer son bec jaune » est une image employée par Toinette pour dire qu'elle va prouver à Argan qu'on se joue de lui. Imagine une explication à cette expression aujourd'hui disparue, puis fais des recherches pour trouver son origine véritable.

17 Tu as confié un secret à un ami, sans t'apercevoir que quelqu'un d'autre écoutait. Raconte les circonstances de cette confidence et imagine les conséquences de la présence de ce témoin caché.

L'éducation des filles au XVIIe siècle : groupement de documents

OBJECTIF : Comment doit-on éduquer les filles au XVIIe siècle ?

DOCUMENT 1 FÉNELON (1661-1715), *De l'éducation des filles,* 1687, chapitre V.

Fénelon, évêque de Cambrai et écrivain français, rédigea plusieurs traités de pédagogie. De l'éducation des filles *fut écrit à la demande du duc et de la duchesse de Beauvilliers qui, outre plusieurs garçons, avaient huit filles à élever. Le passage qui suit concerne les tout jeunes enfants, garçons ou filles. C'est plus tard que les différences se font dans l'éducation des enfants.*

À mesure que leur raison augmente, il faut aussi de plus en plus raisonner avec [les enfants] sur les besoins de leur éducation, non pour suivre toutes pensées, mais pour en profiter lorsqu'ils feront connaître leur état véritable, pour éprouver leur discernement, et pour leur faire goûter les choses qu'on veut qu'ils fassent.

Ne prenez jamais sans une extrême nécessité un air austère et impérieux, qui fait trembler les enfants. Souvent c'est affectation et pédanterie dans ceux qui gouvernent ; car, pour les enfants, ils ne sont d'ordinaire que trop timides et honteux. Vous leur fermeriez le cœur, et leur ôteriez la confiance, sans laquelle il n'y a nul fruit à espérer de l'éducation ; faites-vous aimer d'eux, qu'ils soient libres avec vous, et qu'ils ne craignent point de vous laisser voir leurs défauts. Pour y réussir, soyez indulgent à ceux qui ne se déguisent point devant vous. Ne paraissez ni étonné ni irrité de leurs mauvaises inclinations ; au contraire, compatissez à leurs faiblesses ; quelquefois il en arrivera cet inconvénient, qu'ils seront moins retenus par la crainte ; mais, à tout prendre, la confiance et la sincérité leur sont plus utiles que l'autorité rigoureuse.

D'ailleurs l'autorité ne laissera pas de trouver sa place, si la confiance et la persuasion ne sont pas assez fortes ; mais il faut toujours commencer par une conduite ouverte, gaie et familière sans bassesse, qui vous donne moyen de voir agir les enfants dans leur état naturel, et de les connaître à fond. Enfin, quand même vous les réduiriez par l'autorité à observer toutes vos règles, vous n'iriez pas à votre but ; tout se tournerait en formalités gênantes, et peut-être en hypocrisie ; vous les dégouteriez du bien dont vous devez chercher uniquement de leur inspirer l'amour.

Si le Sage[1] a toujours recommandé aux parents de tenir la verge assidûment levée vers les enfants, s'il a dit qu'un père qui se joue avec son fils pleurera dans la suite, ce n'est pas qu'il ait blâmé une éducation douce et patiente ; il condamne seulement ces parents faibles et inconsidérés qui flattent les passions de leurs enfants et qui ne cherchent qu'à s'en divertir pendant leur enfance, jusqu'à leur souffrir toutes formes d'excès.

Ce qu'il faut conclure, est que les parents doivent toujours conserver de l'autorité pour la correction, car il y a des naturels qu'il faut dompter par la crainte ; mais, encore une fois, il ne faut le faire que quand on ne saurait faire autrement.

François de Salignac de la Mothe Fénelon et le duc de Bourgogne, *gravure du XIXe siècle.*

1. **Le Sage** : les personnes sensées.

DOCUMENT 2 *Bulle du pape Paul V* (1550-1621) *pour les Ursulines de Toulouse*, 1614.

La congrégation des Ursulines, fondée au XVIe *siècle, a principalement pour vocation de s'occuper de l'éducation des jeunes filles. Née en Italie, elle se développe ensuite en France. Dans sa lettre apostolique (ou bulle) de 1614, le pape Paul V indique aux Ursulines de Toulouse, dont le couvent vient d'être fondé, leurs devoirs d'éducatrices chrétiennes.*

Les religieuses du couvent des Ursulines sont obligées de s'employer gratuitement à l'instruction des petites filles. « Premièrement : En leur enseignant avec la piété et la vertu ce qui est digne d'une vierge chrétienne, à savoir : l'abrégé de la doctrine chrétienne, la manière d'examiner sa conscience, de confesser ses pêchés, de communier, d'ouïr la sainte messe, de prier Dieu, de réciter le rosaire, de méditer et de lire des livres spirituels, de chanter des cantiques, de fuir les vices et ses occasions, d'exercer les œuvres de miséricorde, de gouverner une maison et finalement de faire toutes les actions d'une bonne chrétienne. Secondement : Pour les porter avec plus d'ardeur à cette institution et les retirer des écoles hérétiques, qu'elles leur apprennent à lire, écrire, travailler à l'aiguille en diverses façons ; enfin toutes sortes de travaux décents et convenables à une jeune fille bien élevée ».

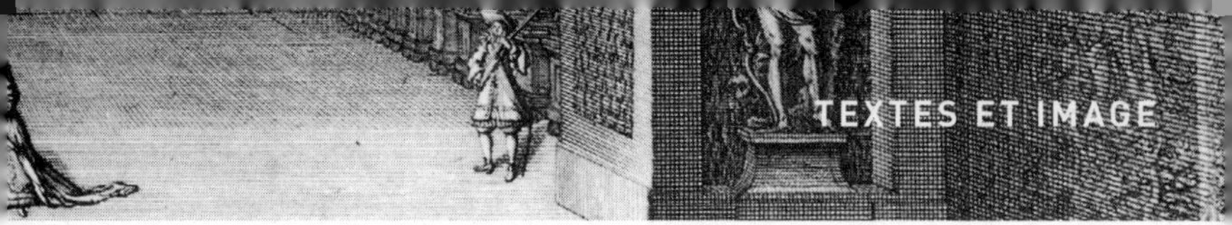

DOCUMENT 3 *La Maîtresse d'école,* eau-forte, légèrement rehaussée de burin dans les ombres, BNF Est., éd 30 a, ABRAHAM BOSSE (1602 ? 1604 ?-1676), 1638.

Abraham Bosse est un graveur très important du XVIIe siècle, qui a laissé plus de 1 600 œuvres. Ses estampes sont d'inspiration très variée. Dans la gravure ci-dessous, on retrouve un exemple de son habileté à représenter les scènes de la vie quotidienne. Est représentée la chambre même de la maîtresse qui est sans doute aussi son école.

Abraham Bosse : La Maîtresse d'école, *gravure.*

Transcription du texte : Ces filles encore petites / En leurs faibles commencements / Par cette bonne vieille instruites / N'apprennent que leurs rudiments / Quand par l'accroissement de l'âge / Se renforcera leur esprit / Elles en sauront davantage / De vive voix et par écrit / Alors l'enfant dont l'exercice / Est de blesser et d'enflammer / Leur apprendra sans artifice / Qu'on sait tout en sachant aimer. / Par d'étranges métamorphoses / Ce tyran des affections / Changeant leurs épines en roses / Contentera leurs passions.

As-tu bien lu ?

1 Dans le document 1, *De l'éducation des filles*, Fénelon recommande-t-il d'abord la compréhension ou la sévérité comme valeur éducative ? Penses-tu que cette idée soit novatrice pour le XVIIe siècle ?

2 À partir du document 2, fais la liste de tout ce que les petites filles apprenaient au couvent des Ursulines et classe-le en deux catégories.

Argan disciple de Fénelon ?

3 Dans l'acte II, scène 8 du *Malade imaginaire*, Argan suit-il les principes de Fénelon lorsqu'il veut donner le fouet à Louison pour obtenir d'elle des aveux ?

4 Dans son traité, *De l'éducation des filles*, Fénelon propose plusieurs étapes avant d'arriver au châtiment corporel éventuel. Quelles sont-elles ? Correspondent-elles à celles qui précèdent les coups de fouet donnés par Argan à Louison ?

5 À quel type d'enfant, difficile à éduquer selon Fénelon, correspond Louison ? Cite précisément le texte de Fénelon.

Des devoirs de la religion...

6 À quel enseignement la plus grande partie du document 2 est-elle consacrée ? Justifie ta réponse en relevant le champ lexical dominant du texte.

7 Relève deux expressions que le pape Paul V utilise pour décrire ce à quoi doit ressembler une jeune fille éduquée au couvent des Ursulines.

8 Qu'en déduis-tu sur le rôle de l'Église et de la religion dans l'éducation des filles au XVIIe siècle ?

... aux tâches féminines

9 Quel adverbe, employé au début du document 2, montre la place qu'attribue le pape Paul V à l'éducation féminine ?

10 D'après le texte du document 3, qu'apprennent les jeunes filles en grandissant ? En quoi cela est-il cohérent avec l'âge de la maîtresse ?

Lire l'image

11 Regarde attentivement l'image p. 165, puis, dans le tableau ci-dessous, coche les activités correspondant à chaque personnage. Cela correspond-il au programme du document 2 ? Quelles activités de ce programme ne sont pas représentées ici ?

	Les petites filles	**La maîtresse d'école**	**La servante**
Apprendre à lire			
Passer le balai			
Manger			
Discuter			
S'exercer à la lecture à voix haute			
Guider la lecture à voix haute à l'aide d'une baguette			

12 Dans quel lieu la maîtresse d'école dispense-t-elle son enseignement ? Quels éléments du décor* le prouvent ?

13 Quel rôle joue le texte au-dessous de l'image ? Est-ce plutôt une explication, une description ou un commentaire ?

Faire le bilan

14 À partir des documents étudiés, que conclus-tu sur l'éducation des jeunes filles au XVIIe siècle (lieux, enseignements, influences, place de cette éducation dans la société de l'époque...) ?

À toi de jouer

15 « Il n'y a plus d'enfant. » Cette réplique très célèbre du *Malade imaginaire*, presque devenue proverbe, ne serait pas de Molière lui-même mais des éditeurs de l'édition de 1682, faite après sa mort. Il n'empêche que la petite Louison, enfant espiègle, représente bien la malice de l'enfance. À ton tour, raconte, sous la forme d'un dialogue de théâtre ou d'un simple récit, une histoire dans laquelle tu uses de ruse pour obtenir ce que tu veux d'un adulte.

16 Aujourd'hui, garçons et filles reçoivent le même enseignement. Fais des recherches pour savoir comment et pourquoi la situation a évolué ainsi depuis l'époque de Molière.

La maladie est aussi ancienne que l'humanité. Pourtant, on n'est pas malade de la même façon à toutes les époques. Si certains maux du XVIIe siècle ont disparu, la plupart des maladies actuelles existaient déjà, même si elles avaient parfois un autre nom. Ce qui change, c'est aussi et surtout le regard que l'on portait, au temps de Molière, sur les maladies, les malades et la façon que l'on avait de les traiter.

Malades et médecins au XVIIe siècle

1 Quelles sont les maladies les plus courantes au XVIIe siècle ? 170

2 Quelle représentation se fait-on alors du fonctionnement du corps humain ? 172

3 Quels sont les traitements pour les malades ? Qu'appelle-t-on « médecines » ? 174

4 Qui ordonne et qui administre le traitement ? 177

5 Quelle chance avait-on de guérir ? 179

L'ENQUÊTE EN 5 ÉTAPES

1 Quelles sont les maladies les plus courantes au XVIIe siècle ?

On distingue, au XVIIe siècle, deux types de maladies : les épidémies et les maladies ordinaires. Les premières déciment plusieurs milliers de personnes à la fois, les secondes affectent les individus.

● LES ÉPIDÉMIES[1] : UN FLÉAU QUI TERRIFIE

Les épidémies les plus courantes sont la peste, la variole et la dysenterie. Mais on peut ranger parmi les épidémies la disette et la famine qui apportent leur lot de maladies et touchent des populations entières, en premier lieu les enfants.

● LA PLUS EFFRAYANTE DES ÉPIDÉMIES : LA PESTE

Dans sa fable *Les animaux malades de la peste*, La Fontaine appelle ce fléau « un mal qui répand la terreur ». Et c'est ainsi que la peste est vécue par ses contemporains. La maladie, véhiculée par la puce du rat ou de l'homme sale, est très contagieuse. Sous sa forme bubonique[2], elle est mortelle dans 60 à 80 % des cas, en une à quatre semaines. Sous sa forme pulmonaire, elle tue dans 100 % des cas. Pendant toute la première partie du XVIIe siècle, la peste règne en France et en Europe. La dernière peste du siècle dure deux ans, de 1667 à 1669, puis la maladie réapparaît en 1720, à Marseille, faisant plus de 30 000 victimes dans la ville et plus de 100 000 en Provence.

● LES MALADIES « ORDINAIRES »

Au XVIIe siècle, les maladies cardio-vasculaires, la grippe, la bronchite et le cancer existaient, sans qu'on les identifie aussi précisément qu'aujourd'hui. La phtisie (ou tuberculose), le tétanos et la rage sont des maladies fréquentes qu'on ne sait ni soigner ni prévenir car le vaccin est inconnu. En 1700, on estime qu'un enfant sur deux meurt avant l'âge adulte car les maladies infantiles sont très mal soignées.

1. Épidémie : propagation rapide d'une maladie infectieuse au sein

2. Forme bubonique : qui s'accompagne de pustules

Peste à Milan en 1630. *Exécution de Giacomo Mora et les autres « untores » accusés d'avoir composé et dispersé dans la ville l'onguent pestifère.*

De quoi Molière est-il mort ?

Molière, qui jouait Argan, est mort quelques heures après la quatrième représentation du *Malade imaginaire*, suite à un malaise sur scène lors du dernier intermède.

On a longtemps pensé que Molière avait une maladie chronique. Aujourd'hui, on pense qu'il n'en est rien et qu'il aurait succombé à une mauvaise bronchite. Sa vision de la médecine était celle d'un homme de son siècle, sceptique à bon droit devant ses ridicules et ses faibles avancées scientifiques.

2 Quelle représentation se fait-on alors du fonctionnement du corps humain ?

À l'époque de Molière, la science médicale n'a pas beaucoup évolué depuis l'Antiquité : elle suit à la lettre les préceptes des médecins grecs Hippocrate[1] et Galien[2]. De plus, la médecine subit l'influence de l'Église.

● LA MALADIE : CHÂTIMENT DE DIEU

La maladie est perçue comme un avertissement ou un châtiment divin. L'Église n'interdit pas de se soigner car le devoir du chrétien est de protéger la vie, mais le malade doit accepter son sort et y voir une épreuve salutaire envoyée par Dieu. Les médecins du XVIIe siècle partagent cette conception religieuse de la maladie. En outre, l'Église interdit la dissection humaine, ce qui explique en partie le retard de la recherche médicale par rapport à d'autres sciences.

● LE DIAGNOSTIC

Conformément aux principes d'Hippocrate, le médecin interroge et observe le patient et ses proches. Il examine son visage, sa langue, ses yeux, son sang, ses urines, ses selles et surtout son pouls. Mais il l'ausculte fort peu car on considère que cela n'est pas digne d'un médecin : on peut même consulter à distance, par correspondance. Cette pratique a duré jusqu'au XIXe siècle.

● LA THÉORIE DES QUATRE HUMEURS

La théorie des humeurs, élaborée par Hippocrate, s'inspire de celle des quatre éléments formant le monde : la terre (froide et sèche), l'eau (froide et humide), l'air (froid et sec) et le feu (chaud et sec). Le corps humain comprend quatre humeurs dotées des mêmes qualités que les quatre éléments : le chaud et le froid, le sec et l'humide, chaque humeur étant caractérisée par deux d'entre elles. Les quatre humeurs sont : le sang (chaud et humide), la pituite

1. Hippocrate : médecin grec (460-377 av J.-C.). C'est à lui qu'on doit la théorie des humeurs. Son éthique est à l'origine du serment que prêtent les médecins à la fin de leurs études : le serment d'Hippocrate.

2. Galien : médecin grec (129-210 après J.-C.) dont l'influence est prépondérante au XVIIe siècle. Il reprend et développe la théorie des humeurs d'Hippocrate.

ou flegme[3] (froide et humide), la bile jaune (chaude et sèche), la bile noire ou mélancolie (froide et sèche). Elles ne sont pas en quantité égale dans le corps : l'une d'elles domine toujours et l'humeur dominante détermine le tempérament : sanguin, flegmatique... La bonne santé vient de l'équilibre et de la qualité de ces quatre humeurs dans le corps humain. C'est pour éliminer les impuretés que l'on purge et que l'on saigne abondamment.

● DE LÉGERS PROGRÈS DANS LA CONNAISSANCE DU CORPS HUMAIN

Les préceptes d'Hippocrate sont cependant remis en cause par les recherches du médecin anglais William Harvey (1578-1657) qui expliquent la circulation sanguine dès 1616. La publication de cette découverte en 1628 provoque une querelle dans toute l'Europe. Ses adversaires le traitent avec un certain esprit de *circulator*, mot latin signifiant « médecin ambulant », c'est-à-dire « charlatan ». Il en est fait écho dans *Le Malade imaginaire* quand Thomas Diafoirus, dans la scène 5 de l'acte II, dit avoir soutenu une thèse contre les circulateurs. La mise au point du microscope permet également de nouvelles avancées : la découverte des spermatozoïdes en 1677, celle des globules sanguins en 1688. Cependant, toutes ces découvertes sont sans effet sur l'art de soigner.

Le médecin goûte l'urine !

Les médecins ont pris l'habitude, pour compléter leurs examens, de goûter l'urine en portant leur doigt à leurs lèvres.

Portrait d'un médecin vers 1600 examinant l'échantillon d'urine d'un patient, *gravure du XIXe siècle*.

3. Flegme : dans le langage courant, sang-froid, sérénité, tranquillité.

3 Quels sont les traitements pour les malades ? Qu'appelle-t-on « médecines » ?

Jusqu'au XIXe siècle, deux théories s'opposent sur la façon de soigner : la médecine agissante et la médecine « expectante[1] ». En parallèle, on découvre de nouvelles « médecines » minérales, animales ou exotiques.

• MÉDECINE AGISSANTE ET MÉDECINE « EXPECTANTE »

Les uns considèrent qu'il faut laisser la Nature agir, en aidant raisonnablement le malade par des saignées. Les autres pensent au contraire qu'il faut évacuer les humeurs « peccantes[2] » par de nombreuses purges et saignées et en administrant de multiples remèdes. Les partisans de la médecine agissante sont les plus nombreux.

• SEIGNARE, PURGARE ET CLYSTERIUM DONARE

Le dernier intermède du *Malade imaginaire* ridiculise les méthodes de l'époque : on purge et on saigne pour tout ! Louis XIV a ainsi été purgé plus de 2 000 fois en cinquante ans. Ces excès tuaient parfois le malade ; Molière y fait allusion, lorsque Béralde avertit Argan qu'il risque sa santé en suivant les ordonnances de Monsieur Purgon (acte III, scène 3).

• DES « MÉDECINES[3] » TRÈS VARIÉES, DES PLANTES POUR SOIGNER

Les plantes médicinales utilisées en pharmacie sont nombreuses, on peut citer par exemple l'ail (vermifuge[4]), l'aristoloche (anti-inflammatoire[5]), la bourdaine (laxative), la lavande (calmant). On récolte ces plantes à une saison choisie de l'année, en raison de leur cycle de croissance, mais aussi à des moments précis, pour des raisons mi-naturelles, mi-magiques. Ainsi, on récolte en fonction des phases de la lune ou bien la nuit de la Saint-Jean, le 24 juin, ce moment permettant en principe d'obtenir une plante plus active. Le vin « qui réjouit le cœur de l'homme » et des boissons exotiques et nouvelles à l'époque, le thé, le café et le chocolat, sont aussi considérés comme des médicaments.

1. Médecine expectante : vient du latin *expectare* : attendre.

2. Humeurs peccantes : humeurs mauvaises ou trop abondantes.

3. Médecine et médecine : au XVIIe siècle le mot médecine désigne à la fois l'art pratiqué

Le clystère[6], symbole de la médecine et instrument de farce

Par sa fonction : laver les intestins et l'endroit où il est introduit dans le corps, le clystère est à la fois le symbole du médecin et un objet de plaisanterie triviale. C'est ainsi qu'au XVIIe siècle, il apparaît sur les blasons des apothicaires et dans de nombreuses comédies, dont certaines de Molière.

L'Agréement aux dames, lavement, *gravure de Nicolas Arnoult, fin XVIIe siècle.*

Un médicament exotique

Introduit en Europe par les Espagnols après la conquête du Mexique, le chocolat apparaît en France lors de la première moitié du XVIIe siècle. Il intéresse rapidement les médecins car, selon Furetière, il « rafraîchit les estomacs trop chauds et échauffe ceux qui sont trop froids ». Mais on se méfie tout de même de cette boisson nouvelle aux effets incertains : « La marquise de Coëtlogon prit tant de chocolat étant grosse qu'elle accoucha d'un petit garçon noir comme un diable, qui mourut. » écrit ainsi Madame de Sévigné le 25 octobre 1671 à sa fille.

4. Vermifuge : qui tue ou expulse les vers intestinaux.

5. Anti-inflammatoire : qui combat les inflammations, les irritations de l'organisme.

6. Clystère : lavement des intestins administré par une grosse seringue. Le mot peut désigner la seringue elle-même.

• LES ANIMAUX EMPLOYÉS EN PHARMACIE

Les substances animales utilisées alors en pharmacie, avec une grande fantaisie, reposent sur le principe de l'analogie (ressemblance entre le médicament et la maladie à traiter). Par exemple, on utilise le poumon de renard contre les maladies pulmonaires, le cerveau de moineau contre l'épilepsie.

• DE RARES ÉLÉMENTS CHIMIQUES, L'ÉMÉTIQUE

Seulement trois corps chimiques, le plomb, le mercure (ou vif-argent) et l'antimoine participent alors à la pharmacopée. Le troisième, qui se rapproche de l'arsenic, entre dans la composition de l'émétique. Cette substance va provoquer une querelle, les uns disant qu'il s'agit d'un poison, les autres d'un remède souverain. Finalement, l'émétique gagne la partie grâce à un miracle.

La pilule perpétuelle

Après avoir guéri le roi en Flandres, l'émétique est partout. On invente même une pilule perpétuelle : c'est une petite balle, avalée par le malade et qui ressort... intacte. Ainsi – une fois rincée, tout de même ! – la pilule ressert indéfiniment !

En juillet 1658 pendant la campagne de Flandres, Louis XIV, gravement malade, est sauvé par un médecin qui le purge 22 fois à l'émétique. Après cet « éclatant exemple », l'émétique s'impose dans les officines[7] de toute l'Europe.

Pharmacopée animale

« Pour les animaux, j'entends non seulement ceux qui sont employés entiers, comme les scorpions, les grenouilles, les vers, les cloportes, les petits chiens, les fourmis, les cantharides, les lézards, etc. mais toutes les parties des animaux qui peuvent être employées par la médecine, sans en excepter leurs excréments et leurs superfluités [...]. »

Moïse Charas, *Pharmacopée royale*, 1676.

Gravure du XVIIe siècle : Boutique d'apothicaire.

7. Officine : local où l'apothicaire (pharmacien) préparait les remèdes.

4 Qui ordonne et qui administre le traitement ?

Dans la médecine officielle, le personnage central est le médecin. C'est lui qui ordonne et administre le traitement. Il est aidé par l'apothicaire, qui fabrique les médicaments et les vend, et, dans certains cas, par le chirurgien. Au XVIIe siècle, celui-ci n'est pas considéré en effet comme un médecin mais plutôt comme une sorte d'artisan aux compétences particulières.

● LA FORMATION DES MÉDECINS

Il existe en France, à l'époque de Molière, plusieurs grandes universités qui forment les médecins et d'autres centres moins prestigieux. En principe, un médecin n'a le droit d'exercer que dans la circonscription de la faculté qui lui a délivré son diplôme. Seuls les médecins formés par les facultés de Montpellier et de Paris, les plus grandes, peuvent exercer dans tout le royaume. Les études durent sept ans. Au bout de trois ans, on devient bachelier ; deux ans après, licencié ; et enfin, docteur. Peu obtiennent ce dernier diplôme. Les études sont presque essentiellement théoriques. On apprend à disserter en latin, dans le respect absolu des Anciens, Hippocrate ou Galien. La caricature que fait Molière de la formation des médecins n'est pas très loin de la réalité[1].

Les médecins et Molière

Les médecins sont la cible favorite de Molière.
Plusieurs de ses pièces en font la caricature :
Le Médecin volant, 1645 ;
Le Docteur amoureux, 1658 ;
L'Amour médecin, 1665 ;
Le Médecin malgré lui, 1666 ;
Monsieur de Pourceaugnac, 1669 ;
Le Malade imaginaire, 1673.

● LES CHIRURGIENS

Considérés comme des artisans, les chirurgiens-barbiers tiennent boutique et doivent accomplir leur apprentissage pour se former. On fait la distinction entre petite et grande chirurgie. La petite chirurgie consiste en l'incision des abcès, la pose des ventouses, le pansement des plaies, la saignée, l'extraction des dents... La grande chirurgie s'occupe de véritables opérations (amputation, trépanation[2], césarienne...), souvent très délicates, toujours sans anesthésie, procédé qu'on ignore à l'époque.

● LES APOTHICAIRES

Les apothicaires, ou pharmaciens, sont des marchands artisans, souvent regroupés avec les épiciers et les droguistes dans les communautés de métier. Comme les chirurgiens, ils doivent faire leur apprentissage. Ensuite, ils passent un examen. Ce sont eux qui préparent les médicaments, essentiellement à base de plantes.

Habit d'apothicaire, *gravure de Nicolas de Larmessin (1638-1694).*

2. Trépanation : opération chirurgicale consistant à pratiquer une ouverture dans un os, en particulier dans la boîte crânienne.

5 Quelle chance avait-on de guérir ?

Au XVIIe siècle, la science médicale avance très lentement : les conditions de vie souvent difficiles ne favorisent pas une bonne hygiène. Cependant, sous l'égide de Louis XIV et de Colbert, son premier ministre, on voit s'amorcer une politique de santé publique.

• ESPÉRANCE DE VIE ET MORTALITÉ INFANTILE

Dès sa naissance, l'enfant est fragilisé. D'abord par les règles d'hygiène de l'époque, un peu curieuses. On considère en effet que la saleté protège les nouveau-nés. De même, on ne les change qu'une ou deux fois par jour car on trouve des vertus à l'urine. Cette mauvaise hygiène participe au taux impressionnant de mortalité infantile : le tiers des nouveaux- nés ne franchit pas le cap des un an. Ensuite, l'enfant peut encore contracter de nombreuses maladies enfantines mal connues[1] : la coqueluche, la varicelle, la variole, la rougeole, la scarlatine et la rubéole sont considérées comme des maux normaux, indispensables à une croissance normale. Un enfant sur deux seulement atteint l'âge adulte[2].

• RÉSISTER AUX MALADIES À L'ÂGE ADULTE

Adultes, hommes et femmes, se retrouvent égaux devant les différentes maladies. Le nombre important de décès s'explique par le fait qu'à l'époque, on connaît mal les maladies et on les confond souvent entre elles.

La rage, par exemple, souvent confondue avec le tétanos, est particulièrement redoutée. On ne sait pas reconnaître une appendicite. Les cancers sont fréquemment mal identifiés, de même que les maladies du poumon qui font des ravages chez les enfants, les femmes et les paysans.

Ainsi, la mauvaise connaissance de ces maladies diminue d'autant l'espoir de guérison.

1. La pédiatrie n'est créée

2. On traite les maladies infantiles

● SELON QUE VOUS SEREZ PUISSANT OU MISÉRABLE...

Toutes les classes sociales ne sont pas touchées de la même façon par la maladie et le peuple est bien moins armé pour y résister. La sous-alimentation est la cause première des maladies : les pauvres, au moins les trois-quarts de la population, sont donc beaucoup plus touchés que les classes aisées. Et même lorsqu'ils ont de quoi manger, leur alimentation est insuffisante en quantité, en qualité et en diversité, ce qui augmente encore l'inégalité sociale devant la maladie. Toutes les classes sociales manquent d'hygiène, mais les plus aisés s'en sortent toujours mieux : en effet, l'accès aux traitements et aux soins leur est réservé car les médecins et les remèdes prescrits coûtent cher et ils sont surtout présents dans les villes.

● LOUIS XIV ET LA SANTÉ DE SES SUJETS

Pour la première fois, lors de la grande épidémie de peste de 1667-1669, le roi a donné des instructions précises (consignes d'hygiène,

Le Chirurgien de campagne, *gravure du XVIIe siècle.*

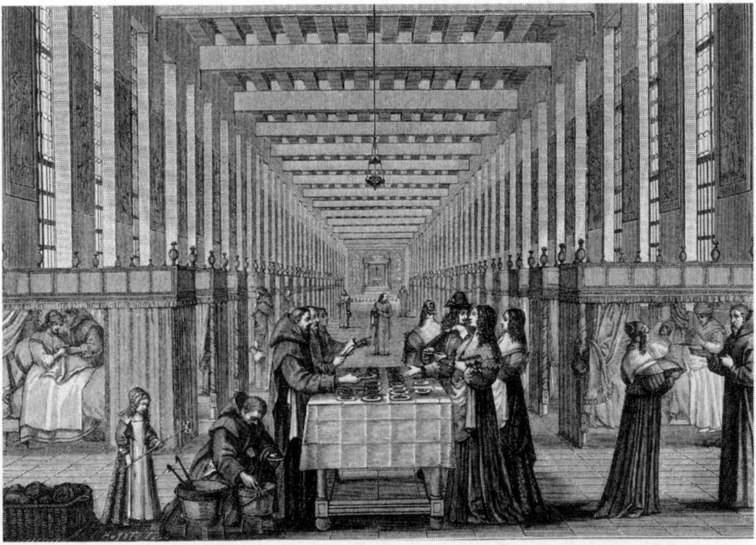

L'Infirmerie de l'hospice de la Charité, *d'après Abraham Bosse, XVIIe siècle.*

isolement des malades) pour tenter de maîtriser plus rapidement le fléau. Cette politique a porté ses fruits. L'État se soucie désormais de la santé publique. La création des hôpitaux généraux, en 1662, concourt aussi à son amélioration. Cependant, ces établissements, dont chaque grande ville doit se doter, ont une vocation sociale et non médicale : ce sont des lieux dans lesquels on regroupe les mendiants et les pauvres. La situation des Hôtels-Dieu au XVIIe siècle est préoccupante : lits insuffisants, mauvaise répartition géographique sur le territoire, saleté, désintérêt des médecins pour l'hôpital.

Hôpital général et Hôtel-Dieu

Au XVIIe siècle, l'hôpital est un lieu de charité, où l'on accueille les plus démunis : on l'appelle *hôpital général*. C'est à l'*hôtel-Dieu* que sont soignés les malades.

Petit lexique du théâtre

Accessoires Objets (bâton, chapeau...) utiles à la représentation.

Acte Nom donné à chacune des grandes parties d'une pièce de théâtre. Le plus souvent, le changement d'acte correspond à un changement de lieu ; le rideau se ferme parfois pour permettre le changement de décor.

Aparté Il y a aparté lorsqu'un personnage parle sans être entendu d'un autre personnage mais que le public, lui, l'entend.

Auteur dramatique Auteur d'une pièce de théâtre. *Synonyme :* dramaturge.

Comédie Pièce comique destinée à faire rire le public.

Comédie-ballet Comédie mêlée de danses et de musique.

Comédien Personne qui joue un personnage. *Synonyme :* acteur.

Commedia dell'arte Genre théâtral italien dans lequel, à partir de personnages (Arlequin, Colombine...) et de situations types (les *lazzi*), les comédiens développent une action en improvisant.

Coup de théâtre Événement inattendu qui modifie radicalement le cours de l'action.

Décor Ensemble des éléments (meubles, toiles peintes au fond de la scène...) qui reconstituent le lieu de l'action (forêt, chambre...) sur la scène.

Dénouement Fin de la pièce, moment où tout s'explique et se résout.

Dialogue Échange de répliques entre les personnages.

Didascalie	Indication de l'auteur au metteur en scène ou au lecteur, en italique dans le texte, sur le décor, les costumes, le ton ou les gestes.
Exposition	Partie située au début d'une pièce de théâtre dans laquelle on expose l'intrigue et on présente les personnages principaux.
Farce	Pièce courte au comique grossier où les gestes ont autant d'importance que le texte.
Improviser	Jouer spontanément, sans avoir appris de texte, une situation donnée.
Intrigue	Enchaînement des faits et des actions.
Ironie	Procédé qui consiste à dire le contraire de ce que l'on pense, dans le but de se moquer.
Metteur en scène	Personne qui dirige les acteurs (mouvements, intonations), choisit les décors et les costumes pour la représentation.
Monologue	Discours qu'un personnage s'adresse à lui-même, seul sur scène. Par convention, on considère qu'il s'adresse en fait aux spectateurs.
Péripétie	Changement de situation.
Personnage	Personne qui apparaît dans une pièce de théâtre et qui doit être représentée par un acteur.
Pièce de théâtre	Texte fait pour être représenté au théâtre.

Quiproquo

Vient du latin *Quid pro quod* : ceci pour cela. Situation dans laquelle l'on prend une personne pour une autre, et qui génère des effets comiques, parfois en cascade.

Réplique

Ce qu'un acteur doit dire en une seule fois. Dans le texte de la pièce, devant chaque nouvelle réplique, est écrit le nom du personnage qui parle.

Représentation

Action de jouer une pièce devant un public. *Synonyme :* spectacle.

Scène

1. Lieu où jouent les acteurs. On peut aussi parler des « planches » ou du « plateau ». 2. Nom donné à chacune des parties d'un acte. On change de scène lorsqu'un personnage arrive ou s'en va.

Théâtre

Le mot désigne aussi bien le lieu (la salle) que le genre littéraire (les pièces).

Tirade

Longue réplique, dans laquelle un personnage développe une idée importante.

Tragédie

Pièce de théâtre, souvent en vers, qui met en scène des personnages généralement mythologiques ou illustres. Elle présente des événements tristes et parfois sanglants.

À lire et à voir

• LIVRES POUR MIEUX CONNAÎTRE MOLIÈRE

Marie-Christine Helgerson,
Louison et monsieur Molière
Flammarion, collection « Castor Poche », 2001

Passionnée par le théâtre, fille de comédien, Louison se lie avec Molière qui écrit pour elle un rôle de fillette dans sa dernière pièce, *Le Malade imaginaire*. Ce récit romancé des derniers mois de la vie de Molière donne des indications précieuses sur l'organisation du théâtre, la vie des acteurs et l'organisation d'une troupe de théâtre au XVIIe siècle.

Michel Laporte,
Molière, *gentilhomme imaginaire*
Hachette Jeunesse, 2007

L'histoire de la vie de Molière à travers une série de témoignages imaginaires de ceux qui l'ont côtoyé ou croisé. Molière est ainsi raconté par un apprenti de son père, une comédienne de sa troupe, un barbier, un clerc de notaire.

Mikhaïl Boulgakov,
Le Roman de monsieur de Molière (écrit en 1933)
Gallimard, 1993

À partir de faits réels, Mikhaïl Boulgakov réinvente à sa façon la vie de Molière auquel il donne la forme d'un roman. On suit le cours de sa vie, de ses sentiments et de ses pensées. Une approche sensible et crédible de la personnalité et de la vie de l'écrivain.

Sylvie Dodeller,
Molière
L'École des loisirs, collection « Belles vies », 2005

Cette biographie romancée retraçant la vie de Molière, de sa naissance à sa mort, constitue une bonne approche pour connaître l'histoire de ce célèbre auteur. Un ouvrage vivant et riche en anecdotes.

• FILMS SUR MOLIÈRE

Molière
Film d'Ariane Mnouchkine (1978)

Avec Philippe Caubère, Joséphine Derenne et Brigitte Catillon

Une fresque magistrale, devenue un classique, par l'un des plus grands metteurs en scène contemporains, qui propose une lecture émouvante et profonde de l'aventure de Molière.

Molière
Film de Laurent Tirard (2007)

Avec Romain Duris, Fabrice Luchini et Ludivine Sagnier

Une vision romancée de la vie de Molière qui rencontre ses propres personnages.

• UN SITE POUR TOUT SAVOIR...

www.toutmoliere.net

Un site très complet sur Molière et l'ensemble de son œuvre. La rubrique « Iconographie » propose de très nombreuses images.

DES PIÈCES DE MOLIÈRE À L'ÉCRAN

Le Médecin malgré lui

Film de Georges Folgoas (2006)

Avec Jean Richard et Jacqueline Jéfford

Collection « Les Classiques de Au théâtre ce soir »

Le Malade imaginaire

Film de Jean-Paul Carrière (1976)

Avec Jacques Charon, Jacques Eyser, Georges Descrières, Jacques Toja et Simon Eine

Collection « La Comédie française »

Les Fourberies de Scapin

Mise en scène de Pierre Fox (2004)

Avec Yves Larec et Alexandre Von Sivers

Produit par la COPAT (Coopérative de Production Audiovisuelle Théâtrale)

George Dandin

Mise en scène de Anne-Marie Lazarini (2005)

Avec Philippe Lebas et Christine Brücher

Produit par la COPAT

UNE AUTRE PIÈCE SATIRIQUE SUR LA MÉDECINE

Knock

Pièce de théâtre de Jules Romain (1923)

Le docteur Knock installe son cabinet dans une petite ville où la clientèle est rare. Qu'à cela ne tienne, grâce à son autorité il va convaincre tous les habitants du canton qu'ils sont malades...

able des illustrations

163 ph © Selva/Leemage

165 ph © Musée Carnavalet/Roger-Viollet

171 ph © Fototeca/Leemage

173 ph © Heritage Images/Leemage

181 ph © Selva/Leemage

2, 7, 8, 12, 14, 25, 30, 63, 87, 93, 98, 109, 126, 139,
142 à 167, 175, 176, 178, 180

ph © Archives Hatier

Iconographie : Hatier Illustration
Principe de maquette : Marie-Astrid Bailly-Maître & Sterenn Heudiard
Suivi éditorial : Carole San-Galli
Illustrations intérieures : Carole Xénard
Mise en page : CGI

Hatier s'engage pour l'environnement en réduisant l'empreinte carbone de ses livres.
Celle de cet exemplaire est de :
500 g éq. CO_2
Rendez-vous sur www.hatier-durable.fr

PAPIER À BASE DE FIBRES CERTIFIÉES

IMPRIM'VERT

Achevé d'imprimer par L.E.G.O. S.p.A. Lavis (TN) - Italie
Dépôt légal: 94878-7/04 - juillet 2014